LE ROI BRISÉ

ELIZA RAINE

CHAPITRE 1

*N*e jamais sous-estimer un bibliothécaire.

Mes poumons me brûlaient. Mes pieds martelaient le parquet, mais je pouvais voir se profiler les massives portes décorées. J'ordonnai à mes muscles de tenir le coup, ignorant la douleur, courant dans le hall du musée vers la cage d'escalier qui menait à la liberté.

— Arrête ! Reviens tout de suite !

J'avais cru avoir de la chance que les archives du musée n'aient pas de gardiens de sécurité. Je n'avais pas compris qu'ils n'en avaient pas besoin – parce que les bibliothécaires sont bâtis comme de satanés athlètes olympiques. Si je n'avais pas essayé désespérément de fuir avec le livre de dix livres que je venais de voler, j'aurais peut-être pris un peu de temps pour admirer les biceps du type qui me poursuivait. Dans ma situation, je restai concentrée et fouillai dans l'une des nombreuses pochettes de ma ceinture en cuir. J'en sortis une petite sphère en plastique et, sans me retourner, je la jetai par-dessus mon épaule, l'écrasant au passage.

Je sentis à peine l'odeur tandis que je m'éloignais de la

bombe puante. J'entendis tousser et crachoter derrière moi, et alors que j'arrivais aux portes de la cage d'escalier, je risquai un coup d'œil par-dessus mon épaule. Ils étaient trois, maintenant, deux gars et une fille, et ça ne les avait pas ralentis de leur jeter une mauvaise odeur.

Je montai les escaliers deux à deux, en essayant de respirer profondément, le livre pesant dans ma poigne.

Ça en vaudra le coup, Lily. Cela en vaudra vraiment la peine, pensai-je.

Le large escalier en colimaçon s'ouvrit sur un nouveau couloir au sommet, et juste au bout du couloir se trouvaient les grandes portes de sortie.

Je plongeai la main dans une autre pochette et en sortis une poignée de roulements à billes. Une fois qu'il y eut quelques pieds entre moi et l'escalier, je les jetai sur la moquette derrière moi. Une seconde plus tard, j'entendis un cri, puis un bruit sourd. Cette fois, je ne risquai pas un regard en arrière. J'imaginai le visage endormi de ma sœur et courus aussi vite que mon corps mal nourri pouvait me porter.

J'atteignis les portes, me tordant le corps et jetant mon épaule contre elles pour garder le plus d'élan possible. Je clignai des yeux en tombant dans la lumière vive, momentanément désorientée devant la vue sur la rue d'Oxford, par une journée ensoleillée.

— Arrêtez-la !

La voix du bibliothécaire était suffisamment forte à travers les portes ouvertes pour que quelques passants s'arrêtent et me regardent. Je pivotai, essayant de retrouver la direction de la route où j'avais garé ma voiture de merde.

Une grande femme en caleçon de yoga et veste se tourna vers moi en fronçant les sourcils. Ses yeux se posèrent sur le livre relié en cuir sous mon bras, et elle fit un pas de plus. Dans ma vision périphérique, je captai le mouvement d'une silhouette jaillissant des portes du musée.

Je puisai dans le peu de force qu'il me restait et sprintai sur la route à ma droite.

S'il te plaît, sois sur la bonne route, s'il te plaît, sois sur la bonne route, scandai-je dans ma tête, trop essoufflée pour plaider à haute voix.

Une vision de ma sœur faisant la moue pour me gronder m'inonda l'esprit. *Tu devrais te souvenir de tout ça, Almi ! Tu te compliques toujours la vie !* Dans ma tête, Lily parlait fermement, et je puisai autant de force en elle que possible alors que je dévalais la rue verdoyante.

Toutes les routes du quartier universitaire d'Oxford se ressemblaient à mes yeux, et je ne savais pas du tout si je courais dans celle où j'avais garé ma voiture. En priant, je fouillai dans une autre pochette à ma ceinture et en arrachai mes clés de voiture. Je pouvais entendre des pas résonner derrière moi.

Il serait peut-être temps de sortir le gros calibre, dit Lily dans ma tête. *Utilise le projecteur à éléphant.*

Je montrai les dents tant j'avais le souffle court. À contrecœur, je sortis l'arme la plus chère que j'avais à la ceinture. C'était une petite boîte en plastique, pas beaucoup plus grande qu'une carte de crédit, et il m'avait fallu des jours pour comprendre comment l'utiliser dans ma petite caravane exiguë. Sans parler des efforts que j'avais déployés pour voler ce truc en premier lieu.

Mon attention s'accrocha à quelque chose, à trente pieds devant moi. Une petite Ford jaune rouillée. *Ma voiture.*

Il n'y avait pas moyen que je puisse la déverrouiller, y entrer et démarrer, sans que les bibliothécaires costauds ne me rattrapent, concédai-je. J'allais devoir utiliser le projecteur à éléphant.

· · ·

Après avoir appuyé sur le petit bouton dessus, je lançai l'objet par-dessus mon épaule. J'entendis claquer le plastique sur l'asphalte, puis un petit cri. Les pas s'arrêtèrent et je m'élançai vers la portière de ma voiture. J'enfonçai la clé dans la serrure, maudissant le fait que mon antiquité ne disposait pas du verrouillage à distance. Elle n'avait même pas de certificat attestant qu'elle était en état de marche. Quand la poignée s'ouvrit et que je me jetai sur le siège du conducteur, je vis deux bibliothécaires regarder, déconcertés, l'hologramme massif d'un éléphant qui levait sa trompe en l'air, dressé sur ses pattes arrière.

Cela ne ferait que les distraire pendant quelques secondes. Si j'avais pu installer de bons haut-parleurs sur le petit appareil, j'aurais pu l'améliorer. Mais je n'avais pas l'argent pour les haut-parleurs. Merde, je n'avais pas d'argent pour quoi que ce soit.

Je tournai la clé dans le contact, fermant les yeux et priant pour que ce tas de rouille démarre. Je poussai un cri de soulagement involontaire lorsque le moteur rugit, et les deux bibliothécaires cessèrent de loucher vers l'éléphant électronique pour river leurs yeux dans les miens à travers le pare-brise. Je déglutis, démarrai la voiture et mis le pied sur l'accélérateur.

~

— Merde. C'est pas passé loin, dis-je à haute voix en prenant une bretelle d'autoroute.

L'adrénaline bourdonnait en moi, et mes poumons me brûlaient encore. J'avais l'habitude d'avoir faim, mais je n'avais pas l'habitude d'avoir faim *et* de faire une mauvaise imitation d'un athlète.

Et même trop près. Tu aurais vraiment dû te rappeler l'endroit où tu as garé la voiture, dit Lily. Je l'imaginais toujours dans mon esprit avec des cheveux bleu vif et une peau chatoyante. Comme elle avait l'air *avant*.

Avant qu'elle ne tombe inconsciente. Avant que je ne sois bannie et cachée dans le monde humain.

Mon exil ne m'avait pas empêchée d'essayer de réveiller ma sœur. Et après des années de recherche, je savais enfin où trouver les réponses pour guérir sa maladie.

Ce livre était la clé. Ce livre allait me dire ce dont j'avais besoin pour la sauver.

CHAPITRE 2

Il faisait presque nuit lorsque je me garai dans le parc à caravanes où j'avais élu domicile à contrecœur. Avant d'arriver en Angleterre, quand j'avais été larguée pour la première fois chez les mortels, je m'étais retrouvée en Californie, aux États-Unis, et c'était là que j'avais essayé d'apprendre à m'intégrer dans un monde sans magie.

J'étais née sur l'Olympe, où régnaient les dieux grecs, et où la magie et la mythologie étaient aussi réelles et dangereuses qu'il était possible.

Chez moi, c'était le royaume sous-marin du Verseau, et la première chose que j'avais faite quand je m'étais retrouvée bloquée en Amérique, ç'avait été de chercher le moyen d'y retourner. De retrouver le chemin vers ma sœur, afin de la guérir de sa maladie du sommeil.

À l'époque, dans les moments les plus difficiles, je m'étais demandé si j'avais imaginé mon monde natal, juste pour échapper à la réalité merdique de ma vie.

C'était alors que Lily avait commencé à me parler dans ma tête. Au début, j'avais cru être devenue folle de chagrin et de frustration. Mais j'avais commencé à me demander si c'était vraiment elle, qui me parlait par le biais d'un lien fraternel mystique.

Après tout, avant de perdre connaissance, Lily était l'une des nymphes marines les plus puissantes que je connaisse.

Voilà, Lily. Cette fois, j'en suis sûre, lui dis-je en coupant le contact.

J'attrapai le livre et mon sac à dos, sortis de la voiture et entrai dans ma caravane. Je l'appelais Betty Blue, parce qu'elle avait une bande bleue tout autour, en haut de sa coque en fibre de verre écaillée. Il y avait six verrous à déverrouiller sur la porte sans prétention de Betty Blue – tous installés discrètement de sorte qu'il ne semble y avoir à l'intérieur rien qui mérite d'être volé, aux yeux de mes voisins pas géniaux.

La vérité, c'était qu'il y avait beaucoup de choses qui valaient la peine d'être volées – que j'avais, pour la plupart, moi-même volées en premier lieu.

J'avais un bon sens moral, mais mon envie de rentrer à la maison pour sauver ma sœur était plus grande que mon dégoût à l'idée d'enfreindre les règles. Je n'avais volé que ce dont j'avais vraiment besoin, et rien qui ait une valeur sentimentale pour qui que ce soit, ou qui soit irremplaçable. Et seulement des trucs que je n'aurais jamais pu me payer, même au prix de nombreuses heures de travail dans les cafés, les bars, les supermarchés – partout où une fille pouvait obtenir un travail occasionnel sans compte bancaire. J'achetais de la nourriture et payais la location de Betty Blue avec de l'argent honnête, mais le reste...

Il m'avait fallu quelques années pour trouver mon

premier artefact olympien dans le royaume humain, que j'avais ensuite volé.

Je jetai un coup d'œil à la boussole métafora accrochée à une cheville, sur le mur, après avoir verrouillé la porte de la caravane derrière moi et allumé les lumières. Cela me permettait de me déplacer entre le royaume humain et l'Olympe, et cela valait une fortune. Pas que je m'en séparerais un jour.

On ne pouvait l'utiliser que trois fois, et il ne m'en restait plus qu'une seule.

Marchant vers le lit à l'arrière de la caravane, je sortis mon carnet de croquis de sous mon oreiller. Ce n'était pas vraiment mon carnet de croquis, mais celui de Lily. En dehors de la boussole, c'était ce que je possédais de plus précieux.

Le fait de dessiner dans le petit livret y transférait un souvenir, à revivre au gré de ses envies, et Lily l'avait utilisé quand j'étais enfant pour me montrer ses souvenirs de notre mère. Grâce à cela, j'avais pu voir exactement à quoi elle ressemblait, du moins aux yeux de Lily.

J'avais emporté le livret avec moi quand j'avais été exilée de l'Olympe, pour me rapprocher d'elle, mais je m'étais retrouvée tellement submergée par mes propres pensées que j'avais aussi commencé à dessiner mes propres souvenirs dans le livre.

Mes croquis étaient nuls comparés aux siens, mais ça avait l'air de marcher quand même.

Je tournai les pages jusqu'à trouver un croquis au crayon d'une femme allongée dans un lit. Des taches, qui avaient été des larmes autrefois, maculaient le dessin, mais cela ne l'empêchait pas de fonctionner. Déglutissant, je touchai le croquis.

Ça chauffa sous mes doigts, et je quittai soudain la caravane. Je me tenais maintenant dans une petite chambre, dans une maison qui n'était pas la mienne.

Je savais que cette image n'était pas la projection de quelque recoin affligé de ma psyché. Elle était réelle – mon propre souvenir de la dernière fois que j'avais vu ma sœur.

Là, allongée sur un lit étroit, se trouvait Lily. Je la contemplai un moment. Il n'y avait pas de souffle qui sortait de ses lèvres, et sa peau cireuse n'avait pas d'éclat. Ses cheveux bleus étaient ternes, et ses yeux étaient fermés. Je savais que, si j'avais pu tendre la main et la toucher, elle aurait été froide comme la glace. À toutes fins utiles, elle aurait pu être morte.

Mais elle était vivante. L'Oracle l'avait dit avant qu'on ne me chasse.

— *La Néréide dormira jusqu'à ce que les dieux pleurent.*

Des larmes de frustration me brûlèrent derrière les yeux, alors que je fixais inutilement l'image de Lily.

— Putain d'Oracle, crachai-je.

Et l'image s'estompa, la caravane réapparaissant autour de moi.

Ce n'est pas sa faute, dit doucement ma projection mentale de Lily.

— C'est la faute de quelqu'un.

Peut-être.

Une larme coula sur ma joue et je l'essuyai avec colère. Avant que je ne puisse m'en empêcher, je feuilletai les pages du carnet de croquis.

Tu n'as pas besoin de le revoir, dit Lily.

— Il y a peut-être quelque chose que j'ai raté.

Il y avait une pointe de désespoir dans ma voix.

Almi... La voix de Lily s'évanouit lorsque je touchai le croquis d'une estrade flottant sur la mer, sur laquelle se tenait une file indistincte de bonhommes en bâtons mal dessinés. J'eus chaud aux doigts, puis j'eus à nouveau dix-huit ans.

CHAPITRE 3

*H*UIT ANS PLUS TÔT, DANS LE ROYAUME
DU VERSEAU DE POSEIDON

— Redis-moi pourquoi nous sommes ici ? sifflai-je à ma sœur dans ma barbe.

— Chut.

Lily regardait droit devant, évitant mon regard.

Je fronçai les sourcils. Lily avait passé toute sa vie à me dire de rester discrète, à s'assurer que personne ne sache que j'étais… brisée. Impuissante. Incapable de faire *quoi que ce soit* avec de la magie. Je ne pouvais même pas la sentir.

— *Cela pourrait signer ton arrêt de mort si quelqu'un le découvrait,* m'avait-elle dit. *Nous devons faire tout ce qu'il faut pour garder le secret. Personne ne doit savoir.*

Et pourtant, nous étions là, le jour de mon dix-huitième anniversaire, alignées avec deux cents autres nymphes marines sur une estrade flottante géante au milieu de la mer, à subir l'inspection du roi de l'océan lui-même. Le tout-puissant et tout à fait terrifiant Poséidon.

Je me penchai en avant, juste d'un pouce, regardant au-delà des autres femmes dans la file, pour apercevoir le dieu.

Il mesurait au moins sept pieds, avec de longs cheveux blancs flottants librement sur d'énormes épaules. Je ne pouvais pas distinguer son visage, mais je voyais qu'il portait une robe évoquant l'océan, avec des vagues turquoise s'écrasant sur le tissu alors qu'il avançait solennellement le long de la rangée des femmes.

— C'est des conneries, chuchotai-je à Lily.

— Almi ! Garde le silence ! s'exclama-t-elle, cessant enfin de regarder devant elle pour me lancer un regard noir. C'est du sérieux. Poséidon nous a convoquées ici, et on a dû répondre. Maintenant, tiens-toi bien.

Elle insuffla une autorité si inhabituelle dans cet ordre que je fermai la bouche.

Lily jouait le rôle de ma mère depuis aussi longtemps que je m'en souvenais, mais elle n'était pas très stricte. La plupart du temps, elle me laissait seule à faire des trucs qui dissimulaient mon manque de magie, tandis qu'elle aiguisait son propre considérable pouvoir à l'Académie. Lily était tout ce que je n'étais pas. Elle était belle, avec des cheveux bleu vif, une peau qui brillait comme de la nacre et un tatouage d'une coquille de nautile sur la poitrine, qui était si vivement coloré que je ne me lassais pas de la regarder. Et elle exerçait une magie presque divine sur l'eau. Elle était une fière représentante de notre espèce. Des Néréides.

Moi, d'un autre côté, j'avais les cheveux noirs avec un infime reflet bleuté, la peau pâle à force de rester à l'intérieur, et mon tatouage de coquille était réduit à un mince contour noir. Pas de couleur du tout. Pas de couleur et pas de magie.

Je soupirai et regardai pour avoir un autre aperçu de Poséidon.

Mon souffle se coupa lorsque je tournai la tête et me retrouvai à regarder droit dans les yeux les plus bleus que j'aie jamais vus.

Pas seulement bleus… Ils étaient de toutes les teintes de l'océan, et l'argent tourbillonnait parmi les verts et les bleus, m'attirant à eux toujours plus profondément…

— Ton nom ? aboya le dieu de l'océan.

Le pouvoir déferla sur moi à l'approche de Poséidon mais, contrairement à celui de Lily, qui faisait l'effet d'une brise légère traversant l'océan, transportant la douce saveur du sel, le sien était lourd, même oppressant. Des tornades tourbillonnèrent dans mon esprit, des vagues sombres qui emportèrent tout sur leur passage en balayant sous mon crâne.

Oh, mes dieux. Oh, mes dieux.

J'avais oublié mon propre nom.

Poséidon fit un pas vers moi, soutenant mon regard paniqué, et je sentis Lily se raidir à côté de moi.

— Lily, haletai-je, éructant le seul nom dont je me souvenais.

— Tu mentirais à ton roi ?

Sa voix était l'écho du tonnerre sur un océan orageux, et je ne pouvais plus respirer correctement.

Il s'arrêta devant moi, le tissu de sa robe flottant autour de lui, ses épaules musclées s'élargissant. Des yeux bleus envoûtants bouillonnants de puissance volatile.

— Je…, m'étouffai-je.

Mais sa magie était écrasante. Le ciel sembla s'assombrir derrière lui.

— Elle est jeune, dit Lily, sa voix calme traversant la tempête.

Je la vis baisser la tête dans ma vision périphérique alors que j'essayais d'aspirer de l'air.

— Mes excuses, mon roi.

Poséidon détourna enfin son regard de moi, et l'air coula plus facilement dans ma poitrine.

— Quel genre de nymphe es-tu ? demanda-t-il à ma sœur.

Elle hésita une seconde avant de répondre.

— Une Néréide.

Cette fois, Poséidon se raidit. Il leva la main, ses doigts flottant comme s'il sentait son pouvoir dans l'air.

— Tu dis la vérité, murmura-t-il.

Ses yeux revinrent vers les miens mais, cette fois, ma gorge ne se referma pas.

Comme il continuait à me regarder, je hochai la tête. Ses yeux étaient fascinants, et j'avais du mal à me concentrer sur autre chose.

— Avez-vous entendu parler de la prophétie de l'Oracle d'Apollon à Delphes ?

Sa voix était un murmure rauque.

Je regardai Lily, confuse, et elle secoua la tête.

— Non, mon roi.

Il donna un coup de poignet, et une flamme blanche jaillit de sa main. Quand elle mourut, il restait une image. Une femme à la peau foncée, enveloppée dans des couches et des couches de tissu, et seul son visage juvénile était visible et scandait des mots insensés. Ses paupières s'ouvrirent pour révéler des yeux d'un blanc pur. J'attrapai instinctivement la main de ma sœur et la sentis serrer la mienne.

— Celui qui possède le cœur d'une Néréide possédera le Cœur de l'Océan. Le véritable amour n'est pas une nécessité, la possession pure scellera l'affaire.

Les yeux de la femme roulèrent dans ses orbites, et des vrilles rouges commencèrent à saigner et à se répandre sur le blanc laiteux.

Je serrai plus fort la main de Lily.

— Mais soyez prévenus. Le véritable amour ne passera jamais inaperçu. Si...

Poséidon agita à nouveau sa main, et l'image disparut avant que la femme ne finisse sa phrase.

Lily inspira profondément et je sentis sa main trembler autour de la mienne.

— Vous n'aviez jamais entendu cette prophétie auparavant ? demanda Poséidon.

— Non, mon roi.

— Tu es ce que je recherchais.

Son ton était devenu dur, et Lily agrippa ma main si fort que j'eus mal. La peur se répandit en moi alors que je regardais son visage effrayé. Lily n'avait jamais peur.

— Comment peut-on posséder le cœur de quelqu'un ?

Je ne pus empêcher la question de tomber de mes lèvres, même si ma voix n'était qu'un murmure. Assurément, Poséidon, l'un des trois dieux les plus puissants de tout l'Olympe, n'était pas sur le point de nous arracher le cœur ?

Le dieu riva de nouveau ses yeux sur les miens.

— Le mariage, dit-il enfin.

Je pensais que cela atténuerait la peur de ma sœur. J'étais moi-même parcourue par le soulagement à l'idée que nos cœurs restent fermement dans nos poitrines. Mais sa main continuait de trembler.

— C'était le but, aujourd'hui ? demanda Lily. Trouver une Néréide ?

— Il reste très, très peu d'entre vous. En fait, vous deux pourriez être les dernières.

La tristesse me secoua à ses paroles. Lily avait toujours été évasive quand je posais des questions sur notre espèce, mais je ne pensais pas qu'elle savait que nous étions les dernières.

— Et maintenant ?

— Tu t'adresseras à ton roi comme il convient.

Ses mots étaient fermes, mais le pouvoir mortel qui entourait sa voix lorsqu'il s'était approché de nous pour la première fois avait disparu.

Il leva de nouveau la main, et toutes les autres femmes qui nous regardaient sur l'estrade de marbre flottante disparurent.

— Je reviendrai demain. Et j'épouserai l'une de vous. Peu m'importe laquelle.

Il y eut un flash de lumière, et nous fûmes de retour chez nous.

～

— Qu'est-ce qui vient juste de se passer ?

Je fixais ma sœur du regard, mon esprit tournant à plein régime alors qu'elle titubait en arrière et s'effondrait dans l'un des fauteuils moelleux de notre petit salon. Ses yeux étaient écarquillés par la peur, et je marchai vers elle, me penchant pour jeter mes bras autour d'elle. Elle resta raide pendant un moment, puis elle enroula ses bras autour de moi, me serrant contre elle.

— Oh, Almi. Je suis désolée. Nous n'aurions pas dû y aller.

— Tu connaissais cette prophétie ?

Je reculai, la regardant dans les yeux. Ils étaient embués de larmes contenues quand elle secoua la tête.

— Je savais que les femmes de notre espèce ont été chassées au fil des ans, mais je n'ai jamais su pourquoi. Je savais que personne ne devait savoir que tu étais vulnérable et qu'il fallait que nous soyons fortes pour pouvoir nous défendre. Je ne savais pas que la raison en était la *possession de nos cœurs*.

Elle eut l'air malade en prononçant le mot « possession ».

— Mais… Mais on ne peut pas se défendre contre Poséidon. C'est un roi et un dieu.

Et pas n'importe quel dieu.

L'Olympe était divisé en douze royaumes, chacun gouverné par un dieu olympien, et les trois plus forts étaient les frères qui régnaient sur le monde souterrain, le ciel et la mer.

Hadès, Zeus et Poséidon.

— A-t-il vraiment parlé mariage ? inspirai-je.

Lily hocha la tête.

— Oui.

Je fronçai les sourcils, essayant de comprendre.

— Est-ce que cela veut dire que celle qui l'épousera deviendra reine ?

— Oui. Une reine dans une cage dorée.

— Les reines ont du pouvoir et de la richesse. Nous serions protégées.

J'essayais de voir le bon côté des choses, mais quand je me rappelai ce que le dieu m'avait fait ressentir, les vagues de puissance sombres et orageuses qui m'avaient submergée quand il les avait fait déferler à travers moi, je frissonnai.

— Almi, on devrait se marier par amour, pas y être forcées ! Et partager un lit ? Accorderais-tu ce privilège à quelqu'un que tu n'aimes pas, pour toute une vie ?

— Non, dis-je en secouant la tête.

Je n'avais pas encore connu l'amour physique, mais je savais que je voulais pouvoir choisir.

— Nous serions redevables. Piégées. Les créatures de l'océan ne sont pas faites pour être en cage.

Elle inspira longuement et se leva de sa chaise. Elle

commença à arpenter la petite pièce dans laquelle nous avions vécu la majeure partie de ma vie.

— Je ne suis pas une créature de l'océan, dis-je, consciente de ma petite voix.

J'essayai de la rendre plus forte.

— Je vais le faire.

Des larmes coulèrent des yeux de Lily quand elle se tourna vers moi.

— Bien sûr que tu ne le feras pas.

— Si. Cela ne fait aucune différence pour moi. De toute façon, je n'ai pas d'avenir au Verseau. Pas sans magie. Je ne ressens pas l'appel de l'océan comme toi, ni ne possède le potentiel de changer le monde.

Je m'obligeai à sourire.

— Je vais le faire.

— Almi, c'est justement *parce que* tu n'as aucun pouvoir que je ne peux pas te laisser faire ça. S'il l'apprenait, je ne sais pas ce qu'il ferait.

Je déglutis, consciente que je n'empêcherais pas la question de sortir de ma gorge. C'était la question que je posais à ma sœur chaque fois que je ne comprenais pas pourquoi j'étais brisée.

— Je suis… Je suis vraiment une Néréide ?

Lily me prit à nouveau dans ses bras.

— On en a déjà discuté. Bien sûr que tu en es une. Tu penses que c'est moi qui t'ai dessiné ce tatouage de coquillage sur la poitrine, idiote ?

— Tu aurais pu, marmonnai-je contre son épaule.

— Eh bien, je ne l'ai pas fait. Je ne sais pas pourquoi tu n'as pas tes couleurs ou ta magie. Mais ça viendra un jour. Et tu ne seras pas le trophée d'un dieu arrogant, je le jure.

Elle m'embrassa sur le dessus de la tête, ses cheveux bleus tombant sur mes bruns.

— Je t'aime, Lily.

— Je sais. Je t'aime aussi.

— Qu'allons-nous faire ?

— Nous ne pouvons pas prendre la fuite. Pas devant l'un des trois êtres les plus puissants du monde.

— Alors... ?

Elle soupira contre ma tête, tout le souffle quittant son corps.

— Alors, je me marie demain matin.

Je la serrai contre moi.

— Je le pense vraiment, Lily. Je vais le faire. Tu pourrais faire tellement de bien avec ta magie.

— Non, Almi. Il ne doit jamais savoir que tu n'as pas ton pouvoir. C'est notre secret, d'accord ? Et on ne sait jamais, peut-être que je peux faire plus de bien depuis le palais. Et peut-être que, tout compte fait, Poséidon n'a pas un cœur de glace.

Sa voix devint amère, et je reculai pour regarder son visage.

— C'est là que nous habiterons ? Dans le palais ?

Elle acquiesça.

— Je suppose que oui.

— Je viendrai avec toi, n'est-ce pas ?

Ses traits doux se durcirent.

— Ce sera ma seule condition.

— Et s'il dit non ?

Les larmes me remplirent yeux à l'idée d'être séparée de Lily.

Elle effleura ma joue et sourit.

— Rien ne nous séparera, je le promets.

CHAPITRE 4

$\mathcal{L}$a caravane apparut autour de moi, le souvenir s'estompant avant que je puisse ressentir la douleur de revivre ce qui s'était passé après.

Rien de nouveau ? demanda Lily.

— Non. Poséidon est toujours aussi con.

Tu dis ça à chaque fois. Je ne sais pas pourquoi tu t'infliges ça.

— Je ne peux pas m'en empêcher, marmonnai-je.

J'étais peut-être masochiste. Peut-être que j'avais besoin de la brûlure constante de la colère pour continuer à avancer. Après tout, c'était lui qui m'avait exilée, et c'était la raison pour laquelle j'avais dû me cacher dans le monde des mortels.

— Le livre, dis-je fermement, secouant la tête et passant ma main sur mon visage.

Je tirai sur mes genoux le livre pour lequel j'avais failli être prise en flagrant délit en train de le voler sur l'étagère.

Mon cœur battait vite, et des papillons voletaient dans mon estomac alors que je passais mes doigts dessus. *S'il te plaît. S'il te plaît, sois la dernière pièce.*

Après avoir trouvé la boussole métafora, j'avais passé les cinq années suivantes à rechercher tout ce qui pourrait aider Lily. C'était incroyable de constater combien d'artefacts olympiens avaient été cachés dans le monde humain, tout comme moi. Enfin, j'avais suivi le fil d'Ariane des objets magiques jusqu'à Oxford, en Angleterre, et jusqu'à ce livre.

Lorsque je soulevai la couverture en cuir, je vis le dessin que j'espérais. Une carte de l'Olympe.

[Image : Olympus bw.jpg]

Je la reconnus pour l'avoir vue dans mon enfance. Je n'avais pas pu aller à l'Académie pour apprendre à utiliser mon pouvoir ou simplement recevoir une éducation olympienne, mais Lily oui, et elle avait partagé avec moi beaucoup de ce qu'elle avait appris, y compris cette carte.

La culpabilité m'envahit quand je me rappelai la gamine insupportable que j'avais parfois été avec ma sœur, si amère de ne pas avoir de magie – et jalouse de la sienne. Si Lily s'était jamais offusquée d'avoir à endosser le rôle de ma mère et gérer mes conneries, elle ne l'avait jamais montré.

J'avais toujours été trop occupée à bricoler avec des artefacts, et des produits chimiques, et des choses qui, je le pensais, compenseraient ma blessure, pour vraiment apprécier ce qu'elle avait fait pour moi.

Je me reconcentrai sur la carte devant moi, mon doigt bougeant tout seul pour toucher la petite représentation du Verseau. Il y avait un autre royaume aquatique – le monde volcanique sous-marin d'Héphaïstos, Scorpion. Il y avait deux royaumes qui flottaient dans le ciel, la Balance d'Athéna et le Lion de Zeus, et le reste des royaumes divins étaient des îles.

J'examinai la carte une fois de plus pour m'assurer que je ne pouvais pas voir ce que je cherchais.

Un royaume secret.

Un royaume qui n'apparaissait sur aucune carte, mais qui était, d'après les écritures que j'avais trouvées en Allemagne, le lieu de naissance de mon espèce. Et pas seulement des Néréides. Si les écritures disaient vrai, et je n'avais aucune raison de douter de leur authenticité, alors le royaume légendaire était le lieu de naissance de nombreuses créatures qui vivaient dans l'Olympe, et plus important encore, le lieu où trouver une incroyable magie de guérison.

D'après les écritures, le royaume avait été caché par les dieux afin que ceux qui détenaient le pouvoir ne puissent en abuser. Je ne savais pas encore ce que cela signifiait, mais cela disait aussi que la seule façon de trouver le royaume était avec un livre consacré à la navigation dans le monde des dieux.

Le livre que je venais de voler dans un musée d'Oxford.

— S'il te plaît, s'il te plaît, dis-moi comment guérir ma sœur, suppliai-je à haute voix, avant de tourner la page et de pousser un soupir de soulagement en voyant que le texte griffonné à la main était dans une langue que je pouvais lire.

— La connaissance est le pouvoir, bla, bla, bla, marmonnai-je en parcourant l'écriture, pressée d'arriver à quelque chose d'utile.

— Ah ! m'exclamai-je en enfonçant le doigt sur la quatrième page, mon pouls battant la chamade. La fontaine de Zoï dans le royaume de l'Atlantide est à l'origine d'une grande partie de la vie sur l'Olympe et conserve le pouvoir de guérir toutes sortes de maux.

Je poursuivis ma lecture.

— Si la fontaine est utilisée à des fins malveillantes, de

graves conséquences s'abattent sur les personnes impliquées.

Je hochai la tête. J'étais tombée sur un écrit, il y a deux ans, qui suggérait qu'utiliser des artefacts de guérison pouvaient mal tourner aussi souvent que cela pouvait aider, souvent en fonction des intentions de l'utilisateur. Sombres desseins, magie noire.

— Une magie comme celle-ci doit être contrôlée car, avec suffisamment de force et d'engagement, on peut potentiellement créer la vie, peut-être avec des conséquences désastreuses. La fontaine de Zoi devrait être utilisée pour créer la vie uniquement si une espèce est en danger mortel.

Un peu étourdie par l'espoir, je lus la suite.

— C'est une magie dangereuse qui nécessite de la dévotion, et qui est seulement possible dans certaines circonstances. Plus d'informations dans le livre de mageía.

Je sifflai ma déception. C'était un livre dont je n'avais jamais entendu parler.

Je feuilletai les pages, cherchant quoi que ce soit sur l'Atlantide. Il y avait plusieurs pages sur les quatre royaumes interdits de l'Olympe, puis un long chapitre sur la montagne colossale qu'encerclait le royaume céleste de Zeus. Après cela, je découvris quelques chapitres intéressants mais inutiles sur la météo et la saisonnalité dans les différents domaines. Venait ensuite la section sur les deux royaumes océaniques. Je commençai à ralentir en lisant la partie sur le Verseau, marmonnant les mots au fil de ma lecture.

— Le Verseau est composé de dômes sous-marins qui brillent le plus souvent d'une faible lueur dorée. La majeure partie du royaume est constituée d'environ deux cents de ces dômes reliés par des tunnels transparents, mais de nombreuses parties du Verseau sont séparées du corps principal. Le palais de Poséidon, par exemple, a son propre dôme, et on ne peut l'atteindre qu'en traversant un océan limpide.

Je fronçai les sourcils à la mention du dieu de l'océan.

— Certains dômes ont des tours qui s'élèvent si haut qu'elles transpercent la surface de l'océan, avec des écuries au sommet pour abriter des pégases. Créés par Poséidon, ces chevaux ailés préfèrent vivre près des vagues, mais doivent pouvoir voler, c'est pourquoi les tours d'écurie le leur permettent.

Il y avait eu une tour à pégase près de l'endroit où Lily et moi avions vécu, et Lily m'avait dit qu'ils avaient proposé des cours de vol à l'Académie, une fois. Elle n'était pas intéressée par le vol, mais je ne me rappelais pas avoir jamais été plus jalouse d'elle.

— Il existe également de nombreuses créatures confinées dans les profondeurs de l'océan, loin sous les villes-dômes. Ces créatures sont géantes, mortelles, et d'après certains, si terrifiantes à regarder qu'elles pourraient rendre fou un esprit faible. Poséidon est le seul dieu capable de les tenir à distance. L'auteur de ces lignes croit que le dieu de l'océan utilise ces créatures pour garder le royaume de l'Atlantide.

Pendant une seconde, je fus certaine que mon cœur avait complètement cessé de battre.

Je relus la ligne.

Les créatures des profondeurs de Poséidon gardaient le royaume perdu ?

En moi, l'excitation guerroyait avec la peur. Comment, au nom de tous les dieux, allais-je réussir à passer outre les monstres marins de Poséidon ?

L'ironie, c'était que Lily, avec sa magie aquatique extrêmement puissante, aurait pu avoir une chance. Mais moi ? J'étais à peine bonne nageuse, bon sang ! Si Lily pouvait retenir son souffle pendant près d'une demi-heure sous l'eau, comme une nymphe de la mer *aurait dû* pouvoir le faire, j'avais du mal après cinq minutes. La colère et la frustration montèrent en moi, et je pris une profonde inspiration.

Me concentrant sur la page, je continuai à lire.

— Si cette croyance perdure, c'est parce que Poséidon a été vu à deux reprises en train d'emmener des êtres inférieurs loin, très loin sous son royaume, à des profondeurs auxquelles il ne devrait pas être possible de survivre, mais ils sont revenus sains et saufs. Poséidon a conduit ces entreprises sur son navire, le *okeánios ánemos.* Tiré par des chevaux constitués d'eau enchantée, ce navire est le seul de l'Olympe à pouvoir se déplacer dans la mer, aussi personne d'autre que le dieu de l'océan lui-même ne peut atteindre les profondeurs sombres sous le Verseau. La cachette parfaite pour le royaume de l'Atlantide.

Mes yeux dardèrent vers le bas de la page, mais l'auteur continuait en parlant des autres navires de l'Olympe, qui, contrairement aux navires humains, ne naviguaient pas à la surface de l'eau, mais volaient dans le ciel pour se déplacer entre les royaumes.

Je revins en arrière et je relus le passage pertinent jusqu'à ce que mes yeux se brouillent et que mon pouls s'accélère.

— Lily, on dirait que je vais devoir repousser mes limites, soufflai-je enfin. J'ai un vaisseau à voler.

Je pris une profonde inspiration, alors que je balayais du regard ma petite caravane, une heure plus tard.

Avec un peu de chance, ce serait la dernière fois que je voyais son intérieur plein de courants d'air. Cela avait été ma maison, cependant, et une petite partie de moi serait triste de ne pas la revoir. Une bien plus grande partie de moi était impatiente de retourner à l'Olympe.

J'avais tout emballé dans mon sac et je tenais la boussole métafora dans ma main.

Le petit objet en bronze ressemblait à une boussole normale, mais au lieu d'indiquer le nord, l'est, l'ouest et le sud sur le cadran, l'aiguille pouvait se déplacer entre divers mots grecs. Je ne connaissais pas la signification de tous, mais je connaissais le plus important.

Spíti. *La maison.*

J'étais rentrée chez moi pour la dernière fois il y a six ans, lorsque j'avais trouvé la boussole pour la première fois. Je n'avais pas pu résister à l'envie de voir Lily. Je n'y avais passé que quelques jours et j'avais été terrifiée à l'idée d'être surprise par l'impitoyable Poséidon pendant tout ce temps.

Je n'avais parlé à personne de mon retour, pas même à mon meilleur ami qui gardait le corps inconscient de Lily, en sécurité, chez lui. J'avais eu l'impression de le trahir quand je m'étais faufilée devant lui pour la voir, mais je ne savais pas ce que Poséidon ferait s'il m'attrapait, et je n'avais pas voulu mettre mon ami en danger.

J'avais utilisé la boussole pour retourner dans le monde des humains, déterminée à trouver un moyen de guérir Lily avant de l'utiliser pour lui revenir.

Et maintenant, j'en avais un.

J'étais sûre à cent pour cent de faire confiance aux informations que j'avais glanées dans le livre. Et pour être honnête, je n'avais pas d'autres pistes.

C'était le dernier voyage que je ferais avec la boussole.

Et cette fois, je ne pouvais pas avoir peur de Poséidon.

J'allais voler son maudit vaisseau, et naviguer vers les

profondeurs sous le Verseau, à la recherche de l'Atlantide et sa magie de guérison. Je n'avais pas encore trouvé comment j'allais dépasser les monstres marins ou utiliser la magie de guérison, mais chaque chose en son temps, et je devais trouver le navire. Cela impliquait d'entrer dans le palais de Poséidon.

Ç'aurait été un exploit pour la plupart des gens. Mais pour moi ? Presque impossible ! Le Palais était la demeure du dieu qui m'avait bannie de l'Olympe, et la seule personne qui savait qui j'étais vraiment. Le palais de Poséidon était littéralement le dernier endroit de l'Olympe où j'aurais dû aller, mais c'était exactement ce que j'allais faire.

Dès que j'aurais vu Lily.

— Merci pour tout, Betty Blue, dis-je en touchant affectueusement le comptoir en Formica.

J'agrippai la boussole de bronze, mon estomac tordu par une inquiétude excitée.

— Spíti, dis-je dans un souffle.

Ramène-moi à la maison.

J'eus à peine le temps de finir cette pensée que le monde entier disparut autour de moi.

CHAPITRE 5

Je sentis la boussole de bronze me tomber de la main, puis je l'entendis clinquer par terre alors que la bourrasque glaciale, qui avait tourbillonné autour de moi, s'évanouissait. Mes cheveux me tombaient en désordre devant la figure, et j'étais vaguement consciente d'être sur un genou. Des bavardages et des voix fortes me parvenaient aux oreilles. La sensation de tournis diminua assez pour que je puisse me lever et repousser mes cheveux pour me dégager les yeux.

Je n'étais plus dans Betty Blue.

En fait, je n'étais plus dans le royaume des mortels.

Lentement, je relevai la tête, levant les yeux. Priant, priant, priant pour ne pas voir le ciel au-dessus de moi, mais plutôt...

— De l'eau, haletai-je.

Le Verseau.

Loin au-dessus de ma tête se devinait un voile d'or légèrement scintillant, et au-delà, des kilomètres d'océan bleu. Les silhouettes de baleines étaient visibles contre la lumière vive de la surface, et plus près du bouclier d'or au-dessus de ma tête, on apercevait des dauphins jouer et filer dans l'eau.

J'étais sous un dôme sous-marin brillant et doré du Verseau.

Je baissai les yeux, me forçant à respirer profondément, mais ma tête était étourdie de soulagement et d'excitation.

Des bâtiments bâtis en sable de couleur rouille s'entre-mêlaient à de plus grandes structures en pierre blanche brillante jusqu'en haut du dôme doré, au loin. Juste en face de moi se trouvait une grande clairière remplie d'un marché animé. Les gens se déplaçaient entre les étals en toile et je les regardai. Ils n'étaient pas tous humains. Certains avaient des ailes. D'autres des queues. Certains avaient la peau bleue.

Je tournai lentement sur moi-même, à la recherche de tout ce qui confirmerait que c'était le bourg de mon enfance. La température était parfaite, et même si nous étions sous l'eau, il y avait une légère brise salée que j'as-pirai avec gratitude pendant que je scrutais mon envi-ronnement.

« *Fyki Tanneurs* », lus-je sur une petite enseigne en bois à l'extérieur d'un bâtiment avec du cuir suspendu devant. Des larmes brûlèrent au fond de mes yeux.

— Je suis à la maison, soufflai-je.

Pour de bon, cette fois.

— Tu as laissé tomber ça, ma chérie, dit une voix fémi-nine rauque.

Et je fis volte-face pour voir une femme plus âgée que moi, vêtue d'une belle robe dorée, en train de me tendre la boussole.

Je clignai des yeux plusieurs fois, et elle fronça les sourcils.

— Est-ce que ça va ?

— Oui, répondis-je en attrapant la boussole. Oui, merci. Est-ce… Suis-je à Fyki ?

Je savais que oui. Mais je voulais entendre quelqu'un le dire.

— Oui, ma chérie. As-tu besoin d'un logement ? Il y a une belle taverne ici, ou une moins chère dans le dôme voisin.

Ses yeux balayèrent mes vêtements en loques quand elle mentionna la taverne bon marché, mais je l'entendis à peine.

— La boulangerie est toujours là ?

Elle haussa un sourcil.

— Il y a deux boulangeries à Fyki.

— La boulangerie de Silos.

— Là-bas, après cette rangée d'étals.

— Merci, soufflai-je.

Puis mes jambes se mirent en branle. Je me mis à courir avant de m'en rendre compte.

Je défonçai la porte de la boulangerie, le cœur battant et l'esprit emballé.

J'étais de retour. J'étais à l'Olympe, putain !

— On est fermés ! cria une voix masculine grave. Revenez demain.

Je me dirigeai vers le comptoir, voyant à peine les étagères vides où il y aurait dû avoir du pain.

— Silos ? criai-je en dirigeant ma voix vers la porte qui menait aux fourneaux.

J'entendis des coups, puis un juron.

— J'ai dit que nous étions fermés, aboya l'homme.

— C'est Almi.

Il y eut un autre fracas, puis des pas. Une seconde plus tard, un homme grand et brun avec un tablier en cuir et des cheveux ébouriffés apparut dans l'embrasure de la porte.

Sa bouche s'ouvrit, puis dessina lentement un sourire incrédule.

— Almi ! Au nom des dieux, où étais-tu ?

Une vague d'émotion toute-puissante déferla sur moi quand je rendis mon sourire au garçon qui avait été mon meilleur ami pendant toute mon enfance.

— Elle est en sécurité, n'est-ce pas ?

— Bien sûr.

Il se précipita, essuya ses mains sur son tablier et souleva une trappe articulée du comptoir. Quand il me serra dans ses bras, la brûlure des larmes me revint derrière les yeux.

Il ne ressemblait peut-être plus au garçon que j'avais laissé derrière moi, mais il sentait le monde d'où j'avais été enlevée. Un monde familier et sûr.

— Conduis-moi à elle, dis-je en me dégageant.

— Je n'arrive pas à croire que tu sois de retour, souffla-t-il.

Puis il hocha la tête, ses cheveux trop longs lui tombant sur le front.

— Allez.

Silos me conduisit à l'arrière de la boulangerie et en haut d'un escalier étroit. Je retins mon souffle quand nous passâmes devant deux portes, et il en ouvrit une troisième.

Je n'essayai même pas d'empêcher les larmes de couler quand je vis Lily dans le petit lit.

Je fus à ses côtés en un clin d'œil, tirées dans toutes les directions par des émotions accablantes. La joie d'être à ses côtés. La dévastation de la voir sans vie, comme dans mon souvenir du carnet de croquis.

Sa peau était aussi froide que je m'y attendais quand je fis courir mes doigts sur son visage.

— Lily. Oh, Lily, je vais arranger ça, dis-je en appuyant mon front contre le sien, mes larmes coulant sur ses joues. Je suis de retour maintenant. Je suis revenue à toi. Nous sommes de nouveau ensemble.

Je ne savais pas combien de temps je restai avec elle, mais je finis par entendre Silos tousser doucement. Je me tournai vers lui.

— Je ne peux pas te dire à quel point je te suis reconnaissante, Silos. Pour avoir pris soin d'elle pendant toutes ces années.

Il haussa les épaules maladroitement.

— Je veux dire, elle n'a pas besoin de grand-chose.

Son expression changea, et il secoua les mains vigoureusement, comme s'il avait dit quelque chose d'offensant.

— Ah, merde, je ne voulais pas dire, tu sais, c'est juste que, elle est...

Il s'interrompit en grimaçant.

— C'est bon. Je sais.

— Il y a, euh, quelque chose que tu ne sais peut-être pas.

Sa voix était grave, et il sembla encore plus gêné quand il franchit la porte et pénétra dans la pièce. J'étais assise par terre près de la paillasse surélevée qui servait de lit à Lily, et il s'accroupit à côté de moi.

Il tendit la main et repoussa les couvertures. Elle était entièrement vêtue sous les draps, et nous savions tous les deux que les couvertures ne faisaient aucune différence à son bien-être, mais cela semblait juste qu'elle soit couverte.

— Je suis désolé, Almi. Mais j'ai remarqué il y a quelques mois.

Je l'observai, cherchant quelque chose qui n'allait pas.

— Ses mains…

Je regardai fixement, l'estomac noué. La peau de Lily brillait autrefois comme de la nacre. Mais maintenant… Maintenant, elle se transformait en pierre.

Entre de nouvelles larmes, je me forçai à regarder ses doigts, à les toucher.

Froids, durs, comme la pierre.

— Que lui arrive-t-il ?

— Je ne sais pas. Ses pieds n'ont pas changé. Je…, hésita Silos en déglutissant. Je n'ai vérifié nulle part ailleurs, je n'étais pas sûr…

Je le coupai, posant une main sur son épaule alors que des larmes brûlantes coulaient sur mon visage. Il me regarda, ses yeux sombres emplis de sympathie.

— Je ne savais pas si tu reviendrais un jour, mais si c'était le cas, ce n'était pas ce que je voulais que tu retrouves, dit-il calmement.

— Je vais arranger ça, dis-je en me forçant à me relever.

Silos se redressa en même temps que moi.

— Tu sais comment ?

Je secouai ma tête.

— Non. Mais je sais par où commencer.

— D'accord. Commençons par le commencement, dit Silos en posant deux chopes sur la table de la cuisine, puis en s'asseyant en face de moi.

Je pris une gorgée de la boisson, grimaçant à la fois sous l'effet du choc et du plaisir à ce goût.

— Merde, j'avais oublié à quel point c'est bon, dis-je.

— Laisse tomber l'hydromel, dis-moi où tu étais ! Tout

ce que je sais, c'est qu'un jour tu t'es présentée avec le putain de roi de l'océan, et tu m'as dit que ta sœur était plongée dans un sommeil magique, tu m'as demandé de m'occuper d'elle, puis tu as disparu !

Je lui jetai un coup d'œil.

— Tu étais là. Tu sais que je n'ai pas choisi de disparaître.

Il prit une gorgée de sa propre boisson.

— J'ai repensé tant de fois à la conversation que tu as eue avec Poséidon.

— Moi aussi, grognai-je.

Je l'avais regardée cent fois depuis.

— Pourquoi Poséidon t'a-t-il chassée ? Où t'a-t-il envoyée ? Comment Lily s'est-elle retrouvée comme... *ça* ?

Je soufflai.

— Je ne peux pas te dire pourquoi il m'a chassée. Et où ? Dans le monde humain.

Les yeux de Silos s'écarquillèrent.

— Pas de magie ?

Je secouai la tête.

— Pas de magie.

Silos ne savait pas que je n'avais moi-même pas de magie. Personne ne le savait à part Lily.

— Eh bien, cela explique tes vêtements.

Il fronça les sourcils en observant ma tenue, et je baissai les yeux. Un jean et un t-shirt des Rolling Stones ne m'aideraient sans doute pas à m'intégrer au Verseau.

— Tu as des vêtements que je peux emprunter ?

— Je peux trouver quelque chose, bien sûr, dit-il. Et Lily ? Comment est-elle devenue comme ça ?

— Je ne sais pas, dis-je en regardant mon verre, puis en avalant une grande gorgée.

Silos pris également une autre grande gorgée de sa boisson.

— Almi, honnêtement, je suis tellement content de te voir.

Cela se voyait dans ses yeux qu'il disait la vérité, et je ravalai mon émotion. Si je la laissais bouillonner, elle me submergerait. J'étais au bord du précipice – entre la joie totale à l'idée d'être de retour à l'Olympe, et une féroce concentration et détermination à sauver Lily.

Je ne pouvais pas tomber en morceaux. Pas encore. Surtout maintenant qu'elle semblait se changer en pierre. Je réprimai ma nausée à cette pensée et sirotai mon hydromel avant de répondre à Silos.

— Je suis contente d'être de retour. Et je pensais ce que j'ai dit, à propos de fait que tu la protèges. Ça m'a permis d'aller de l'avant, pendant toutes ces années. Merci.

— C'est ce que font les amis.

Ses yeux me parcouraient, comme s'il n'était toujours pas sûr que j'étais réelle.

— Tu as l'air différent.

Je ris.

— Toi aussi.

Sa peau foncée prit une couleur qui l'était encore plus.

— Ouais. J'ai grandi un peu.

— Juste un peu.

— Mais toi... Tes cheveux ne sont plus bleus.

— Non. Il sont devenus complètement noirs quand je suis arrivée dans le monde humain.

Peut-être que la nuance reviendrait maintenant que j'étais à nouveau dans l'Olympe, mais la couleur n'avait jamais été aussi éclatante que chez ma sœur.

— Tu as un endroit où dormir ?

Je secouai la tête.

— Je peux rester ici avec Lily ? En attendant de pouvoir me débrouiller.

— Bien sûr.

J'hésitai un instant, puis posai une question à mon tour.

— Où est ton père ?

Les yeux de Silos s'illuminèrent.

— Il a trouvé du boulot au palais.

— Hein ? C'est génial.

Génial quand on avait envie de s'approcher du connard qu'était Poséidon, ajoutai-je dans ma tête.

— Ouais, il est super content. Le meilleur pain du Verseau, digne de la famille royale, rayonna fièrement Silos.

Je lui rendis un sourire sincère.

— Ta famille a toujours fait le meilleur pain.

— Ouais. C'était difficile de gérer cet endroit tout seul au début, mais ça va, maintenant.

— Je suis sûre que tu te débrouilles bien.

Et je le pensais. Silos était aussi débrouillard que moi. En fait, nous nous étions rencontrés quand nous avions pillé la même poubelle, à la recherche de bric-à-brac que nous pourrions transformer en quelque chose d'incroyable.

— Merci. Est-ce Poséidon qui t'a ramenée ?

— Sûrement pas.

— Alors, comment es-tu arrivée ici ?

— Une boussole métafora.

Silos me dévisagea.

— Comment as-tu pu t'en payer une ?

— Euh, je ne me la suis pas payée.

Silos éclata de rire.

— N'en dis pas plus.

Je vidai le reste de mon hydromel, essayant de déterminer ce que je pouvais lui dire. Mon cerveau était brumeux, cependant, et je commençais à ressentir le premier coup de fatigue. L'adrénaline qui bourdonnait dans mon corps s'estompait, et il devenait de plus en plus difficile de lutter contre mes émotions.

— Ça te dérange si je monte ?

— Bien sûr que non. Je vais te chercher des couvertures et un oreiller. Tu veux autre chose ?

Je lui fis un sourire.

— Tu as du pain ?

CHAPITRE 6

— Almi, tu n'es pas sérieuse. Tu veux cambrioler
Poséidon ?

Silos travaillait au comptoir, pétrissait la pâte et me
lançait des regards incrédules par-dessus son épaule tout
en travaillant, le lendemain matin.

J'avais mal dormi sur le sol de la chambre de Lily, incapable de vérifier l'état de ses membres, car la vue de ses
doigts et ses orteils de pierre me faisait me sentir mal. *J'étais
presque arrivée trop tard.* Je ne pouvais m'empêcher de penser
que, si j'avais mis seulement quelques mois de plus à rentrer
à la maison, elle aurait pu devenir sa propre putain de statue.

J'avais passé la plupart de mes heures d'éveil à transformer ma culpabilité en détermination.

J'étais à la maison maintenant, et j'allais la sauver. Cela
ne l'aiderait pas que je m'effondre, que je pleure ou que je
me complaise dans les remords. Voler le vaisseau de
Poséidon et trouver la fontaine de Zoi, ça l'aiderait.

— Je suis extrêmement sérieuse, répondis-je à Silos.
C'est le seul moyen de guérir Lily.

J'avais réalisé du jour au lendemain que je devais parler à Silos au moins d'une petite partie de mon plan, car il en savait beaucoup plus que moi sur le Verseau et le palais. Si je ne lui avais pas demandé de l'aide, cela m'aurait porté préjudice.

— Tu vas me dire ce que tu veux voler ?

— Non, dis-je en secouant ma tête. Moins tu en sais, mieux ça vaut. Si ton père travaille au palais, tu dois pouvoir y entrer pour lui rendre visite ?

— Non, je ne suis jamais allé le voir au palais. Papa vient me rendre visite ici tous les trois mois. Almi, Poséidon t'a chassée. Tu ne devrais pas prendre le risque de lui faire savoir que tu es de retour, et encore moins te faire prendre la main dans le sac, en train de le voler. Il est sans pitié avec les criminels.

Je haussai les épaules, bien plus désinvolte que je ne me sentais. Poséidon était sans pitié, point final. J'étais bien placée pour le savoir.

— Le palais est immense. Je suis sûre que Poséidon ne saurait même pas que je suis venue.

Mais j'avais une histoire avec le dieu, et j'étais à peu près sûre qu'il me reconnaîtrait instantanément, avec ou sans cheveux bleus.

Il faudrait que je prenne le risque, cependant. J'avais besoin de savoir où il gardait son vaisseau. Je savais que je ne pourrais pas simplement entrer et le prendre. Il faudrait monter un plan.

— Comment puis-je me faire embaucher au palais ? demandai-je.

Silos me regarda par-dessus son épaule, les sourcils levés.

— Tu ne peux pas. Je veux dire, à moins de participer à la compétition pour entrer dans sa garde personnelle, pouffa-t-il en posant sur son plan de travail une nouvelle boule de pâte qu'il se mit à battre.

— Quoi ?

— Rien. C'était une blague.

— Dis-moi.

— Tous les vingt ans, il organise les Épreuves de Poséidon, pour recruter des membres de sa garde personnelle. La compétition commence dans quelques jours.

— Quelques jours ?

Lentement, Silos se tourna vers moi.

— Almi, des gens meurent pendant les Épreuves de Poséidon. On est trop jeunes pour se souvenir des précédentes, mais mon ami m'a dit l'autre jour que tous les participants, sauf deux, avaient été tués.

Comme je ne répondis pas, il secoua la tête et s'essuya le front, s'étalant de la farine sur la figure.

— Seule l'élite participe. Les plus forts parmi les forts, les plus magiques de la magie. *Des héros.*

Je me contentais de le fixer du regard, l'esprit tourbillonnant. Je n'avais pas de magie. J'étais sous-alimentée et hors de forme. Je ne me serais jamais décrite comme appartenant à une *élite*. Mais j'étais intelligente. Et j'avais quelques jours pour m'armer de gadgets et d'artefacts qui m'aideraient.

En plus, je n'avais pas besoin de gagner. Tout ce que j'avais à faire, c'était de rester en vie assez longtemps pour trouver un moyen de voler le vaisseau. Au moins, j'étais putain de tenace, donc j'allais bien survivre quelques jours, non ? Si j'avais de la chance, son vaisseau magique se trouvait quelque part dans le palais.

— Almi… On ne te laisserait même pas participer au concours. Tu dois avoir une raison. Un lien avec Poséidon, ou une magie aquatique super forte, ou le parrainage d'un autre dieu.

— J'ai un lien avec Poséidon, dis-je doucement.

— Ouais, et j'aimerais bien que tu me dises ce que c'est, dit Silos, son expression devenant sombre et sérieuse.

— Comment puis-je m'inscrire ?

— Tu ne peux pas, dit Silos en croisant les bras sur sa poitrine.

Je croisai les miens pour l'imiter.

— On verra bien.

Je quittai la boulangerie, sac à dos sur l'épaule et vêtue d'une chemise en lin digne du Verseau. Je ne pus retenir l'excitation qui ondula en moi quand j'arrivai au marché, le grand océan bleu au-dessus de moi et les bords du dôme brillant comme de l'or, au loin.

J'avais passé les huit dernières années à côtoyer la technologie humaine, dont personne ne pouvait nier qu'elle avait beaucoup d'avantages, mais ici, au Verseau... Les marchandises vendues sur les étals devant lesquels je passais étaient *magiques*. Et la magie était exactement ce dont j'avais besoin.

Il ne faisait aucun doute que la natation et la magie aquatique seraient nécessaires pour survivre aux Épreuves de Poséidon. La vérité, c'était que le simple fait d'*atteindre* le palais de Poséidon était un casse-tête pour moi. Je savais nager, mais tout juste aussi bien qu'une humaine. Ce qui n'était *pas* suffisant pour traverser l'étendue d'eau glaciale entre la ville principale des dômes et celui abritant le château sous-marin dans lequel vivait le dieu des connards.

Heureusement, au Verseau, il y avait des habitants humains – qui ne nageaient pas –, et par conséquent diverses manières de les aider à circuler entre les dômes qui n'étaient pas reliés par des tunnels. Le problème, c'était que je devais convaincre tout le monde que j'étais super puissante, et ce serait difficile si je ne pouvais pas traverser un kilomètre d'eau toute seule.

Si je voulais faire bonne impression et cacher mon manque total de magie, il fallait que je trouve un moyen de me rendre au palais avec classe. Et cela signifiait trouver un moyen de respirer sous l'eau et de nager bien mieux que je ne le pouvais en réalité.

Je m'arrêtai à un étal sur ma droite, scrutant les poudres brillantes et les bocaux de liquides pétillants.

— Toutes sortes de guérisons ici, ma jolie, me dit l'homme derrière le stand.

Je levai les yeux vers lui et réalisai que ce n'était pas du tout un homme, mais une sorte de griffon hybride, avec un bec en guise de nez et des ailes visiblement tannées derrière lui. Je ne pouvais pas voir ses jambes, mais je savais qu'elles ressembleraient à celles d'un lion.

— Vous avez quelque chose… de destructeur ? demandai-je avec espoir.

Il me sourit, les yeux plissés au-dessus de son bec.

— Oh oui. Qu'avais-tu en tête ?

Il me fallut une heure pour dénicher toutes les fournitures dont j'avais besoin. J'avais été soulagée de constater que certains de mes gadgets humains étaient suffisamment rares dans l'Olympe pour que je puisse les échanger contre les objets magiques les plus chers. Un téléphone portable cassé contre deux kilos de racine aquatique, c'était une sacrée bonne affaire pour moi, étant donné que j'avais peu de drachmes. J'envisageai d'échanger ma boussole métafora désormais inutile, afin que quelqu'un d'autre puisse profiter de ses trois tours, mais je ne pus me résoudre à m'en séparer. Je ne savais pas vraiment pourquoi, mais quelque chose me poussait à m'accrocher à la petite boussole en bronze.

De plus, il n'y avait rien de la même valeur sur le marché, donc cela aurait été du gaspillage.

Je savais que j'aurais dû retourner à la boulangerie et m'atteler à transformer mon butin en quelque chose d'utile, mais je me dirigeai à la place vers le bord du dôme. La ville où j'avais grandi était reliée à six autres dômes, et il y avait un tunnel vers chacun. Enfant, j'avais l'habitude de me tenir debout à l'intérieur de ces galeries pendant que Lily nageait à toute vitesse autour dans l'eau qui s'étendait au-delà, créant des remous de bulles qui tourbillonnaient autour du tube transparent telle une tornade aqueuse. J'adorais ça.

Je m'arrêtai devant le tunnel vers le prochain dôme. De part et d'autre, il y avait de petites mares qui léchaient le bord. Une femme entrait dans l'une de ces piscines et je regardai avec envie ses jambes se transformer en une queue brillante. J'aurais su que c'était une sirène avant même d'assister à la métamorphose, à cause de sa peau bleue et de ses cheveux blancs. Tous les peuples aquatiques avaient des cheveux soit noirs de jais, soit blancs comme neige. Ses vêtements disparurent à mesure que son corps changeait, puis elle plongea sous l'eau de la piscine. Quelques secondes plus tard, elle émergea à l'extérieur du dôme, et une silhouette nagea vers elle, réduisant la distance. Un garçon avec sa propre queue luisante. Ils s'attrapèrent par la main, puis se dirigèrent vers la surface brillante.

Il y avait des piscines comme celle-ci près de chaque tunnel du Verseau, et c'était le seul moyen de traverser le dôme pour aller dans l'océan au-delà – les endroits où l'eau rencontrait l'eau. Je regardai fixement le bassin, en souhaitant qu'un pouvoir dormant monte en moi et me donne envie de m'immerger.

Mais il ne se passa rien. Tout comme il ne s'était jamais rien passé quand j'étais enfant. J'aimais assez l'eau. J'appréciais l'effet d'apesanteur, j'appréciais la sensation rafraîchissante de se déplacer dans du liquide. Mais cela ne m'appelait pas comme je savais que c'était censé le faire. Au mieux, j'aurais décrit mon sentiment envers l'océan comme un respect intimidé.

Je poussai un soupir et me dirigeai vers le tunnel. Une fois à l'intérieur, je posai les mains sur la vitre et fermai les yeux, essayant d'invoquer mon image de Lily. Je n'avais pas vu sa représentation vibrante dans mon esprit depuis que j'avais vu la version réelle – la fille incolore qui se transformait en pierre, sans vie dans une pièce isolée.

Peut-être que je l'évitais délibérément, n'ayant pas envie d'affronter la culpabilité que je ressentais de l'avoir laissée seule si longtemps.

— J'aimerais que tu sois là, maintenant, en train de faire des bulles, lui dis-je.

Mon cœur fit un petit bond de soulagement quand son image se matérialisa dans ma tête, souriante.

Je serai là, bientôt. Si tu t'en tires, avec ton plan complètement fou.

— J'y arriverai. Il le faut.

Comment vas-tu respirer sous l'eau ? Ça va être ton plus grand défi.

— J'ai de la racine aquatique. Et un tas d'autres trucs que je peux transformer en quelque chose d'utile.

Bien. Vas-y alors, au lieu de rester dans les tunnels.

J'éclatai de rire quand elle me lança son regard le plus sévère.

— Ouais. Bonne idée.

— Almi, s'il te plaît, ne fais pas ça.

— Silos, je dois le faire.

Mon vieil ami me regarda d'un air suppliant, moi qui me tenais sur le seuil de la boulangerie. J'avais installé un petit atelier dans la chambre de Lily et travaillé vingt-quatre heures sur vingt-quatre pour façonner ce dont j'avais besoin.

Et maintenant, j'étais prête.

Je veux dire, je n'avais rien testé et j'avais environ soixante pour cent de confiance en mon travail, mais c'était aussi prêt que ça pourrait l'être. Je n'avais pas le temps d'en faire plus.

— Je ne sais même pas pourquoi je m'inquiète, dit le grand homme en secouant la tête. Ce n'est pas comme s'ils allaient te laisser concourir. Tu n'as même pas vécu dans le Verseau, ni même dans l'*Olympe*, pendant huit ans. Ce n'est pas comme si tu allais juste te pointer et t'inscrire dans une des compétitions de magie aquatique les plus mortelles de tous les royaumes.

Son regard était de pierre pendant qu'il parlait, et la peur me tordit l'estomac à ces mots. Mais je levai le menton et plantai mes mains sur mes hanches.

— On va considérer que tu viens de me souhaiter bonne chance, dis-je. Et je saluerai ton père pour toi, si je le vois.

Je tournai les talons, essayant d'inspirer le défi et la confiance tout en sortant de la boulangerie.

— Almi.

Je sentis la main de Silos sur mon épaule et m'arrêtai. Il

me retourna lentement pour que je sois face à lui, la dureté ayant déserté ses yeux bruns.

— Si tu t'inscris réellement aux Épreuves sur un énorme malentendu, s'il te plaît, s'il te plaît, survis.

Impulsivement, je le pris dans mes bras.

— Bien sûr que je survivrai. Occupe-toi de Lily pour moi.

La quitter si vite après l'avoir retrouvée, c'était le plus difficile. Mais je n'avais pas le choix. C'était tout ce que je pouvais faire pour la sauver.

— Toujours. Tu veux que je marche avec toi ?

Je secouai la tête en reculant.

— Non, il faut que tu ouvres la boulangerie. Je me souviens du chemin.

— Bonne chance.

— Merci. Je pourrais en avoir besoin.

CHAPITRE 7

J'avais sous-estimé le temps qu'il me faudrait pour traverser les dix dômes et tunnels jusqu'à atteindre ma destination. Plus je m'éloignais de mon seul ami et de Lily, plus mon inquiétude montait. L'énorme ceinture autour de ma taille était confortable mais lourde, et j'aurais pu me passer de perdre autant d'énergie juste avant la nage que j'allais devoir faire.

J'avais dû fabriquer ma ceinture moi-même, car l'ancienne que je possédais ne pouvait pas supporter le poids de tant de pochettes pleines. Espérons que cela empêcherait aussi la chemise de Silos, qui était beaucoup trop grande pour moi, de gonfler comme une tente lorsque je serai entrée dans l'eau. Tout ensemble, la chemise surdimensionnée, la ceinture en cuir massif, le collier de coquillages et l'écharpe bleue que j'avais utilisée pour attacher mes cheveux en arrière me donnaient un peu l'apparence d'un pirate, et la sensation d'en être un. Je décidai de pousser un peu plus loin la ressemblance.

— À l'abordage, moussaillon, marmonnai-je en

marchant le long d'un chemin pavé sous un dôme beaucoup plus riche que le bourg où j'avais grandi.

Plus je me rapprochais du palais, plus les dômes devenaient beaux, et celui-ci était le dernier. Les maisons d'ici étaient toutes faites en belle pierre blanche plutôt qu'en sable compacté, et certaines avaient même des jardins. L'herbe était rare au Verseau. Les bâtiments étaient également plus dispersés, ce qui signifiait que je pouvais me déplacer entre eux. Là, tel un phare étincelant dans le grand bleu au-delà, se trouvait le palais de Poséidon. J'y étais presque.

La bordure du dôme juste en face de celui du palais était bordée de bassins, tous les cent mètres environ. Je marchai jusqu'à celui qui était le plus proche de moi, et la nervosité me fit battre l'estomac alors que je regardais tour à tour la piscine et le palais au loin. Ce bassin était différent des plus petits qui flanquaient les tunnels des autres dômes. Il était trois fois plus grand, et des colonnes de marbre blanc se dressaient aux angles, enveloppées de lierre d'un vert vif. De larges dalles brillantes en marbre assorti bordaient l'eau.

Reconnaissante qu'il n'y ait personne d'autre aux alentours, je pris une profonde inspiration, fouillai dans un de mes sacs et en sortis une des minuscules capsules que j'avais fabriquées la nuit précédente. La racine d'eau servirait à deux fins – si je l'avais préparée correctement. Elle devrait me permettre de retenir mon souffle pendant une quinzaine de minutes et de m'empêcher de me mouiller. J'avais pu créer un liquide qui rendait imperméable tout ce que j'y plongeais, et cela avait été facile à tester, j'étais donc convaincue que mes affaires resteraient au sec et en sécurité. Avec un peu de chance, la racine d'eau ferait de même pour mon corps.

Je fis un dernier inventaire des pochettes à ma ceinture, consciente que je tergiversais.

— Capsules de racine d'eau… ? Oui. Bombes à encre… ? Oui.

Celles-ci avaient été faciles à fabriquer avec les grenades que le griffon m'avait vendues. J'en avais chargé la moitié avec de l'encre magique qui se multipliait et agissait comme une colle sous l'eau, et l'autre moitié avec de petites boulettes qui frappaient tout ce qu'elles touchaient d'un choc électrique. Ni les unes ni les autres ne me donneraient l'air d'une adepte de la magie de l'eau, ni ne blesseraient personne, mais c'était le mieux que je pouvais faire.

— Jeton à éléphant… ? Oui.

C'était mon dernier, et je n'avais pas eu le courage de l'échanger au marché, même si je ne voyais pas en quoi il me servirait au Verseau.

— Livre… ? Oui.

Un sac en toile fine pour lequel j'avais dépensé une bonne partie de mes fonds disponibles rendait tout ce qui y était dedans à peine plus lourd qu'une plume, et pas beaucoup plus gros. Je l'avais surnommé le « sac Tardis » et j'avais rangé le livre en toute sécurité à l'intérieur.

— Carnet de croquis ? Oui. Boussole ? Oui. Poignard ? Oui.

Cette petite arme n'avait rien de magique, mais quand je l'avais vue sur l'étal du marché, j'avais adoré les minuscules gravures de coquillages sur le manche en bois, et elle ne coûtait pas cher. Cela semblait être une bonne idée d'avoir une arme – de n'importe quelle sorte.

Je refermai le dernier sac, satisfaite d'avoir tout. Malheureusement, je n'avais pas réussi à trouver ou à fabriquer quoi que ce soit pour améliorer ma capacité à nager ou à me déplacer dans l'eau. Il me faudrait compter sur ma pathétique forme physique pour traverser l'étendue jusqu'au palais. De préférence avant que la racine d'eau ne fasse plus effet. Je fermai les yeux et conjurai mon image de Lily dans ma tête.

— Je vais le faire, lui dis-je. Maintenant.

Oui, tu vas le faire. Et tu vas cartonner, me répondit-elle, en utilisant l'une de mes expressions humaines préférées et en me souriant.

— Carrément.

J'ouvris les yeux et marchai jusqu'au bord de la piscine en avalant une capsule de racine d'eau. Avant que je ne puisse paniquer, je m'abaissai dans l'eau.

La température était chaude, et je fus étonnée de me sentir si bien lorsque je lâchai le bord et laissai le liquide soutenir mon poids. J'avais évité l'eau dans le monde humain. Cela m'avait trop rappelé celui dont j'avais été arrachée.

Je donnai des coups de jambes hésitants, en écartant les bras. C'était bon.

Je pris une inspiration, baissant la tête sous l'eau. J'attendis un moment, laissant refluer la première vague de panique que je ressentis à l'immersion. Je savais que je n'étais pas censée paniquer – j'étais une nymphe marine. Mais j'avais ressenti cette peur toute ma vie, et aujourd'hui, j'avais encore plus de raisons d'être nerveuse. J'allais au palais de Poséidon. S'il m'attrapait, je serais renvoyée aussitôt dans le monde des humains, ou pire.

J'arrêtai mes pensées négatives dans leur élan, secouant un peu la tête sous l'eau.

C'est l'heure d'y aller, dit Lily dans ma tête.

Elle avait raison.

Je nageai lentement jusqu'à l'endroit où l'eau léchait le bord du dôme et appuyait doucement la main contre le matériau semblable à du verre. Il y eut un tout petit peu de résistance, puis mes doigts glissèrent à travers. Prenant mon courage à deux mains, je donnai un coup de pied fort, et le reste de mon corps suivit dans l'océan.

Il faisait plus frais que dans la piscine. Beaucoup plus frais. Je battis des jambes et poussai avec mes bras, le palais brillant dans ma mire. Il avait l'air terriblement loin.

Je chantai dans ma tête, pour empêcher mon cerveau d'essayer de me convaincre que c'était une trop longue distance à faire en quinze minutes. Je n'étais même pas sûre que ma forme physique puisse tenir quinze minutes. Il était tout à fait possible que je me noie à cause de l'épuisement avant d'arriver au palais.

Tu as mangé tous les aliments riches en énergie que tu pouvais trouver, tout ira bien, me dit Lily en interrompant ma chanson.

Je chantai plus fort dans ma tête, essayant de maintenir un rythme régulier. Une impression de claustrophobie grattait à la porte de ma conscience, à l'idée d'être au milieu d'autant d'eau, avec rien d'autre qu'un vide noir sans fin en dessous – une idée terrifiante si je la laissais m'atteindre.

Je ne savais pas combien de temps s'était écoulé, mais je savais que je commençais à avoir froid. J'étais vaguement consciente des formes qui se déplaçaient dans ma vision périphérique, mais tout était loin, alors je gardais mon attention sur le palais. *Compte les tours,* suggéra Lily. *Ce sera une bonne distraction.*

Le palais était massif. Vraiment énorme. On aurait dit le résultat des amours entre un château et un temple grec antique. Des flèches et des tours s'élevaient du corps principal de la structure, toutes à des hauteurs différentes et la plupart surmontées de toits triangulaires distinctement grecs. Les tours elles-mêmes avaient des colonnes du sol jusqu'au sommet, et je pensai d'abord que les espaces entre elles étaient en verre. Mais en m'approchant, je pus voir que certaines étaient complètement ouvertes. D'autres avaient bien du verre entre elles, pour constituer les murs de pièces circulaires, mais des peintures se déplaçaient à travers. Une tour à l'arrière du palais s'étendait si haut qu'elle transperçait le sommet du dôme et atteignait la surface de l'océan au-dessus. La deuxième plus haute était la tour centrale, qui était plus large que les autres et touchait presque le toit du dôme. J'étais prête à croire que c'était là où se trouvait la salle du trône de Poséidon.

En m'approchant, j'eus une bonne vue sur le petit groupe de bâtiments autour du palais, et je devinai qu'il s'agissait de postes de garde et d'ateliers flanquant des portes massives en pierre noire scintillante. Des cours avec des pelouses vertes et des arbres et buissons soigneusement taillés remplissaient les espaces entre les bâtiments.

Une brûlure aiguë dans ma poitrine ramena mon attention.

La brûlure devint plus forte.

Oh merde.

Les effets de la racine d'eau s'estompaient.

Je pédalai plus fort, les muscles des jambes douloureux. Il ne me restait plus que quelques minutes, mais j'étais vingt pieds trop haut. Je me nageai vers le bas, avec la brûlure qui se répandait dans ma poitrine, et une envie irrésistible de respirer monta en moi. Je n'étais qu'à cinquante pieds du dôme. *Je pouvais le faire.*

Quelque chose de dur s'écrasa contre mon flanc, et je criai involontairement en tournoyant dans l'eau. Je m'agrippai sauvagement à ma ceinture, mon instinct me poussant à protéger mes babioles.

Quand je pus m'orienter, je me retournai pour essayer de voir ce qui m'avait frappée. Je me retenais de respirer, et ça me demandait tous mes efforts, car mes instincts travaillaient contre moi.

Quelque chose venait vers moi à travers l'eau. Quelque chose de beaucoup plus rapide que moi.

Je plongeai vers l'or brillant du dôme, mais je n'étais pas près d'atteindre la piscine qui me ferait d'entrer. Essayant de garder la panique à distance, je nageai aussi fort que mon énergie épuisée me le permettait. La température de l'eau chuta autour de moi, et je risquai un regard par-dessus mon épaule.

Mon esprit se vida quand la peur m'envahit.

Requin. Requin. Requin.

Le seul mot que mon esprit put conjurer résonna dans ma tête alors que le prédateur traversait l'océan vers moi.

La créature semblait faite de liquide moisi, du noir et du rouge foncé tourbillonnant ensemble à la surface de sa peau coriace, et ses énormes yeux d'un noir opaque étaient fixés sur moi. Il ouvrit la gueule en s'approchant, révélant une deuxième rangée de dents encore plus grandes et plus pointues que celles que j'avais vues la première fois.

Je fouillai dans mes sacs, essayant désespérément de me rappeler où étaient les grenades. Non pas qu'elles auraient le moindre effet contre une bête de cette taille.

Mes doigts tâtonnèrent, et je ne pouvais pas détacher mes yeux du requin.

J'étais sur le point de mourir.

J'allais être mangée par un putain de requin démon.

Je suis désolée, Lily.

Il y eut un éclair bleu et blanc qui zébra l'eau, puis le requin *explosa.* Du liquide rouge et noir se déversa en cascade dans l'eau comme un feu d'artifice grotesque. Ma bouche s'ouvrit involontairement, et malgré mon choc, j'eus vaguement conscience que mes poumons me trahissaient. L'eau froide me remplit la bouche quand j'inspirai, puis me coula dans la gorge.

Merde. Le requin ne m'avait pas eue, mais j'allais me noyer.

Un visage apparut devant moi. Un beau visage effrayant. Un visage que je détestais depuis huit ans.

La fureur dans les yeux bleus intenses de Poséidon fut la dernière chose que je vis avant que le monde ne devienne blanc.

on dos heurta quelque chose de solide, et je sentis des mains rugueuses me retourner. Ma poitrine se souleva, et la lumière brouilla complètement ma vision quand on me hissa sur mes mains et mes genoux. Puis je vomis.

Je fermai mes yeux brûlants alors que toute l'eau que j'avais inhalée quittait mon corps, l'esprit embrumé par une sensation de désorientation et la douleur dans ma poitrine. Quand je cessai enfin d'avoir des haut-le-cœur, je m'assis sur mes talons, en m'essuyant les yeux avec la manche de mon tee-shirt et essayant de donner un sens à ce qui venait de se passer.

Je regardai autour de moi, tremblant d'épuisement de tout mon corps.

Le palais. J'étais agenouillée devant les portes du palais. Trois gardes se tenaient le long, et aucun n'était humain. Devant eux se trouvait une femme vêtue d'un body en cuir bleu moulant, les bras croisés sur la poitrine et une dizaine d'armes attachées sur différentes parties de son corps. Ses cheveux blancs étaient attachés en un chignon serré sur sa tête, et elle me regardait avec ce que je pensais être de la curiosité.

— Qu'est-ce que tu fabriques, au nom de Zeus ? grogna une voix derrière moi.

Lentement, je me forçai à me relever, avant de me retourner pour faire face à Poséidon. Il était hors de question que je sois à genoux devant lui.

Même s'il venait de me sauver la vie.

Était-ce ce qui s'était passé ?

Je déglutis en le voyant, perdant de ma superbe et de mon arrogance.

Bon sang, il était… *magnifique.*

La dernière fois que je l'avais vu, j'étais jeune et totalement indifférente aux hommes ou au pouvoir.

Mais maintenant…. Il était tout aussi grand et large, ses cheveux blancs détachés derrière ses épaules. Mais il ne portait pas la robe-océan. Il était torse nu. Des lanières et des ceintures en cuir sillonnaient son torse musclé et soutenaient des armes similaires à celles de la femme, et il portait lui aussi une paire de pantalons serrés en cuir bleu. Je me forçai à garder mon regard au-dessus de sa taille, en colère contre moi-même d'avoir envie de tout regarder. C'était lui qui m'avait séparée de ma sœur pendant huit ans. Il était la raison pour laquelle je n'avais pas encore trouvé de remède pour elle.

Le fait de penser à Lily m'aida à me concentrer, et je trouvai enfin ma voix.

— Bonjour, mon mari.

— Ta place est dans le monde des mortels, gronda-t-il alors que j'entendais la femme émettre un petit bruit de surprise.

Mon estomac se contracta. Il allait m'y renvoyer. Un

coup de poignet, et je serais de retour là-bas, incapable d'aider Lily du tout.

— Ma *place* est avec ma sœur.

Je crus le voir tressaillir, mais j'étais instable sur mes pieds, et ma vision était floue. Je ne pouvais pas faire confiance à mes yeux.

Il s'approcha, comme s'il savait que je ne pouvais pas le voir correctement.

— Que fais-tu ici ?

Je haussai les épaules, trébuchant à ce mouvement.

— J'ai entendu dire qu'il y avait un concours. Je suis là pour m'inscrire.

Ses sourcils se haussèrent, puis son regard s'intensifia.

— Pourquoi voudrais-tu participer aux Épreuves de Poséidon ?

Je le fixai, cherchant une réponse qu'il pourrait croire.

— Je me suis dit que, si je faisais mes preuves, vous pourriez m'aider, dis-je enfin.

— Je t'ai cachée pour une raison, dit-il d'une voix basse tout en approchant encore plus de moi. Je ne veux aucune preuve de quoi que ce soit venant de toi.

— Vous ne pouvez pas épouser quelqu'un, puis la cacher !

— Donc, tu es ici pour revendiquer ta place légitime de reine de l'océan ? dit-il en écartant les bras. Une simple fille qui vient de *se noyer* ?

— Alors vous m'avez sauvée, juste pour me jeter à nouveau dans le monde des mortels, où je n'ai qu'à attendre que ma sœur meure seule ?

J'insufflai autant de venin que possible dans ma voix, mais j'étais si faible maintenant que les mots étaient légèrement mal articulés.

— Tu sais pourquoi je t'ai sauvée, siffla-t-il d'une voix basse et calme.

— Ce stupide putain d'Oracle, marmonnai-je.

Je chancelai sur mes pieds, et la légère perte d'équilibre me fit l'effet d'une secousse. Je me redressai.

— Ne me renvoyez pas. Laissez-moi retrouver Lily à Fyka.

Je pourrais trouver un autre moyen d'entrer dans le palais, pour voler le navire. Je *trouverais* un autre moyen.

Poséidon me regarda, et je lui rendis son regard. Les couleurs de l'océan tourbillonnaient dans ses yeux, et une brise à l'odeur de sel m'ébouriffait les cheveux. Ma vision ondula encore ; mais, cette fois, quand elle s'éclaircit à nouveau, je hoquetai. Tout le côté droit de son visage était recouvert de pierre gris pâle, qui s'étendait sur sa mâchoire et le long de son cou.

— Votre visage...

Je fis un pas vers lui, tendant la main sans réfléchir. Il recula brusquement, son expression plus dure.

— Quoi, mon visage ? aboya-t-il.

— Il... se change en pierre.

J'entendis un autre hoquet, puis la femme en cuir bleu apparut, debout à côté de Poséidon. Ils se regardèrent, avant que les deux paires d'yeux ne se posent sur moi.

— Lily aussi se transforme en pierre.

Mon cerveau s'embuait, et la frustration me fit serrer les poings. C'était important. Si Poséidon et Lily se transformaient tous les deux en pierre...

— Emmène-la dans le palais, déclara Poséidon. Avant qu'elle ne s'effondre.

Je clignai des yeux vers la femme qui hochait la tête.

— Le palais, essayai-je de répéter.

Mais ma bouche avait cessé de fonctionner correctement, et un étrange bruit pétillant en sortit à la place. Mon genou gauche céda, et mon autre jambe ne fut pas assez forte pour supporter mon poids. Mon derrière heurta les dalles sous moi avec un bruit sourd douloureux, et tout devint noir pendant un moment quand mon torse suivit.

— Trop tard, entendis-je la femme dire, même si tous les bruits autour de moi semblaient faibles. Sire, elle ne devrait pas pouvoir voir la pierre.

— Je sais.

— Est-ce… Est-ce vraiment votre femme ?

— Emmène-la à l'intérieur et assure-toi qu'on ne puisse pas reconnaitre ce qu'elle est.

— Qu'est-ce qu'elle est ?

— La dernière des Néréides.

CHAPITRE 9

Je me réveillai dans un lit. Un bien meilleur lit que celui dans lequel j'avais dormi auparavant.

Le cerveau lent, je clignai des yeux autour de moi, une douleur me traversant le crâne à mes mouvements. J'étais dans une sorte de chambre – une pièce ronde aménagée en chambre à coucher. Je fis un effort pour me redresser en position assise et me tapotai machinalement la taille. Mon cœur s'emballa lorsque je réalisai que ma ceinture manquait.

Tout le brouillard s'évanouit alors que je m'accroupis sur le lit, regardant à gauche et à droite autour de la pièce.

— Vous cherchez ça ?

Je me retournai vers la femme en cuir bleu qui tenait ma ceinture avec un sourcil levé.

— C'est à moi.

Elle la jeta sur le lit, et j'allai la chercher à tâtons. Juste au moment où je commençai à ouvrir les poches, je me dis que je préférais vérifier mes affaires quand je n'aurais pas de compagnie. Je me forçai à m'allonger sur les oreillers.

— Qui êtes-vous ?

— Je suis le général de Poséidon. Galatée.

— Oh.

Je jetai une œillade à la myriade d'armes autour de sa personne. Je n'avais aucun doute qu'elle pouvait utiliser chacune d'entre elles. Son visage sévère était magnifique, et il y avait quelque chose dans son regard qui disait : « ne me fais pas chier ».

— Vous êtes humaine ?

Elle renifla.

— Bien sûr que non.

Après avoir passé huit ans avec des humains, je fus aussitôt sur la défensive.

— Quel est le problème, avec les humains ? grimaçai-je.

— Rien, à moins de vivre à un demi-mille sous l'eau et de commander la plus grande armée océanique de l'Olympe.

J'inclinai la tête en signe d'acceptation. Elle avait raison. Ce serait délicat pour un humain. *Ou une nymphe marine sans pouvoir.*

— Qu'est-il arrivé ? Où suis-je ? demandai-je à la place.

— Je ne sais pas ce qui s'est passé, dit-elle doucement, en m'évaluant avec ses yeux. Quant à l'endroit où vous êtes, c'est l'aile des invités.

— Du palais ?

— Oui.

Je déglutis avant de poser ma prochaine question et je remarquai que ma gorge me faisait très mal.

— Où est Poséidon ?

— Je n'en ai aucune idée. Ce n'est pas mon travail habituel, mais on m'a donné la charge de vous faire paraître…

Elle se tut et me balaya de son regard pointu.

— …différente.

Des bribes de la conversation que j'avais entendue avant de m'évanouir me revinrent.

— Il se change en pierre, dis-je, frappée durement par le souvenir du visage de Poséidon.

J'agrippai les draps, prise d'un sentiment d'urgence.

— Ma sœur aussi.

— Sortez du lit. Il faut vous trouver des vêtements qui vous vont.

— Pourquoi se change-t-il en pierre ? Il doit pouvoir l'arrêter. C'est un dieu !

Si Poséidon, l'un des trois dieux les plus forts et les plus importants de l'Olympe, avait besoin d'un remède, alors on en trouverait un, sans doute ?

Galatée me regarda, puis laissa échapper un long soupir.

— Je sais déjà que tu vas être chiante.

Je hochai la tête.

— C'est possible.

— Bien. Personne d'autre que moi ne sait à propos de la maladie de la pierre. Elle aurait dû rester invisible à tes yeux.

— Comment se fait-il que vous puissiez la voir alors ?

— Je ne peux pas. Poséidon m'en a parlé.

— Oh. Alors pourquoi puis-je la voir ?

— Je ne sais pas. Le roi non plus. C'est pourquoi tu es là, dans l'aile des invités, à m'agacer.

— Sait-il comment l'arrêter ?

Galatée me regarda comme si j'étais stupide.

— Tu ne penses pas qu'il l'aurait déjà fait si c'était le cas ?

Je me rassis, la douleur m'agrippant le crâne.

— Bien vu. J'ai mal à la tête.

Je me frottai le front, essayant de m'éclaircir les idées. Mon espoir s'estompait rapidement, remplacé par la peur. Si même Poséidon ne pouvait pas arrêter la pierre...

Je fermai les yeux et conjurai mon image de Lily. Lentement, elle apparut en miroitant, bloquant en partie la douleur de la migraine. Elle sourit, et mon cœur tambourinant ralentit un peu. *Plan A, Almi. Rien n'a changé. Vole le vaisseau, trouve l'Atlantide.*

Je hochai la tête.

— Qu'est-ce que tu fais ? Je devrais peut-être aller chercher un médecin…, dit la voix inquiète de Galatée qui me fit ouvrir les yeux.

— Non, ça va. Juste un peu dans le cirage.

Cela me valut un autre regard qui ne laissa aucun doute sur ce qu'elle pensait de ma capacité mentale. Je soupirai et balançai mes jambes sur le bord du lit.

— Juste pour être sûre, on ne me renvoie pas dans le royaume des humains ?

— Non.

Le soulagement me frappa dans le ventre. Poséidon savait que j'étais ici, et il ne me renvoyait pas. C'était une bonne chose.

— Et combien de temps vais-je rester ici, au palais ?

— Jusqu'à ce que les Épreuves de Poséidon soient terminés et que le roi puisse déterminer quoi faire de toi.

Les Épreuves ! J'avais totalement oublié.

— Je… Je n'ai pas à participer aux Épreuves ?

Galatée renifla.

— Participer ? Tu allais te noyer après avoir passé quinze minutes dans l'océan. Tu ne survivrais pas cinq minutes aux Épreuves de Poséidon.

— Ce n'est pas comme si je m'étais noyée par hasard, protestai-je, en me levant, une main sur la hanche. Il y avait un requin démon.

— Ce requin démon s'appelle un *sápia aíma* et il y a bien pire que ça aux Épreuves.

— Un quoi ?

— Sang-pourri.

— Eh bien, dis-je. Vous pouvez dire à Poséidon que ces sangs-pourris ne devraient pas attaquer ses visiteurs. C'est grossier.

Je m'attendais à une réponse sarcastique, mais son visage se crispa.

— Ils ne devraient pas être aussi près du palais, ou de la ville, marmonna-t-elle.

Ses yeux retrouvèrent les miens, et elle inclina la tête.

— Tu es vraiment sa femme, dit-elle.

Ce n'était pas une question. Plutôt une déclaration d'incrédulité.

— Ouais, si on peut appeler ça un mariage... Quelques mots devant Héra, puis il m'a envoyée dans un autre monde où j'ai passé près d'une décennie seule.

Quelque chose dans ses yeux s'adoucit pendant une fraction de seconde.

— Il me dit tout. Mais je n'étais pas au courant de ton existence.

Je levai les mains.

— Écoutez, si vous êtes ensemble...

Elle m'interrompit avec une expression que je ne me serais pas attendue à voir sur un visage aussi sévère que le sien. On aurait dit qu'elle avait avalé une limace.

— Poséidon est comme un frère pour moi. Je ne peux rien imaginer de pire que d'avoir... *des rapports sexuels* avec lui.

— Hein... Eh bien, je n'ai pas tellement d'expérience en matière de *relations sexuelles* avec lui.

— Il ne t'a jamais emmenée dans son lit ?

— Il m'a emmenée à l'autel, puis sur la côte californienne, et il m'a laissée là. Absolument aucun lit nulle part.

Ce dont j'avais été reconnaissante. L'homme m'avait peut-être gâché la vie et éloignée de ma sœur, mais il ne m'avait jamais rien pris de plus.

Galatée me regarda encore un instant. Ses yeux me donnèrent l'impression qu'elle savait exactement à quoi je pensais. Ils étaient d'un bleu si pâle qu'ils semblaient presque argentés, et je me surpris à les scruter si profondément que j'en eus les joues roses quand elle toussa.

— On y va ?

— Ah oui. Des vêtements, vous avez dit ? répondis-je avec une précipitation embarrassée.

— Des vêtements. Tu portes une tenue d'homme ?

— Oui. Un ami me les a donnés. Mes vêtements humains attiraient trop l'attention au Verseau, et j'ai été absente pendant huit ans. Je n'ai rien ici.

Elle roula des yeux.

— Si tu dis encore « huit ans », il y aura des répercussions.

Elle déplaça son poids, et une épée longue visiblement mortelle effleura sa cuisse dans son fourreau.

Je déglutis.

— Eh bien, je suis un peu amère, mais je ferai de mon mieux.

Elle me laissa seule pour que je me prépare, et à la seconde où elle fut partie, je vérifiai le contenu de mes sacs. Sortant le sac Tardis, j'en tirai le livre et mon carnet de croquis, avec un soupir de soulagement de constater qu'ils étaient tous les deux sains et saufs.

Ouvrant le petit livre de souvenirs, je fis courir mes doigts sur les pages alors que mon esprit allait de pensée en pensée, dominés par une image.

Poséidon.

Je l'avais vu, féroce et furieux, pour la première fois depuis cette horrible journée.

Mes yeux se concentrèrent sur les croquis, mes doigts

tournant inexorablement les pages vers celui que j'évitais le plus.

J'appuyai la main sur le dessin taché de larmes de la chambre de ma sœur, avec une tasse brisée par terre et une mauvaise représentation de moi à genoux.

L'image se réchauffa, puis je retournai là-bas, voyant la pièce par mes yeux de dix-huit ans, en train de prendre un café avec ma sœur, le matin qui était censé être le jour de son mariage.

Elle était allongée dans son lit, les yeux fermés, et je compris tout de suite que quelque chose n'allait pas.

— Lily ?

Je lâchai la tasse et me précipitai vers elle, en touchant sa peau avec un hoquet. Elle était glaciale.

— Lily !

Ma voix devenait frénétique. Aucun souffle ne sortait de ses lèvres.

— Lily ! Lily, s'il te plait !

Je laissai tomber ma tête contre sa poitrine, des larmes désespérées coulant de mes yeux tandis que je m'efforçais d'entendre un battement de cœur.

Rien. Je n'entendais rien. Un sanglot brutal jaillit de ma poitrine alors que j'étreignais ma sœur, submergée par un vertige. Cela ne pouvait pas être vrai. Lily ne pouvait pas être morte, Ce n'était tout simplement *pas possible*.

Un éclair de lumière blanche aveuglante me fit crier, et une odeur océanique déferla sur moi. J'essayai de me retourner, mais mes bras ne voulaient pas lâcher Lily.

Je sentis la présence massive et divine de Poséidon, puis on me tira en arrière, loin de ma sœur. Il se pencha avec un juron, toucha le bras de Lily et recula.

— Laissez-la tranquille ! ordonnai-je à travers mes sanglots, en retournant à ses côtés.

Dans mon chagrin, je ne me souciais pas du tout de savoir contre qui je criais. Ce dieu tout-puissant aurait pu me faire subir n'importe quoi, à cet instant, et je ne m'en serais pas préoccupée. Tout ce que je pouvais voir, tout ce qui occupait mes pensées, c'était la forme sans vie de Lily.

Poséidon me regarda, ses yeux s'emplirent de colère, puis il frappa dans ses mains.

— Oracle ! Explique-toi ! beugla-t-il.

Une voix féminine lyrique résonna dans la pièce.

— La Néréide dormira jusqu'à ce que les dieux pleurent.

— Quoi ?

Je dévisageai Poséidon, et tout me parut soudain immobile autour de moi, même mes sanglots.

— Dormira ?

— Putains de divinités, siffla Poséidon.

— Elle dort ? dis-je plus fort.

— Oui.

Je fus traversée par un tel soulagement que je sentis mon corps s'affaisser.

Elle était vivante. Lily était toujours en vie.

Poséidon tendit la main, m'attrapant par le coude, et je criai, frappant ses doigts.

— Qu'est-ce que vous faites ?

— Nous devons nous marier. Maintenant.

Mon soulagement à l'idée que Lily soit en vie s'interrompit momentanément, et ma bouche s'ouvrit.

— Quoi ? Vous êtes sérieux ?

— Mortellement sérieux.

Il me tira sur mes pieds et vers la porte de ma maison.

— Lâchez-moi ! On doit aider ma sœur !

— Ton aide ne suffirait pas.

. . .

Un coup fort à la porte me tira du souvenir, et je pris une inspiration tremblante alors que la chambre étrange reparaissait autour de moi.

Une larme coula sur ma joue, et je l'essuyai quand la voix de Galatée traversa la porte jusqu'à moi.

— Tu es presque prête ?

— Non !

Je pris une autre inspiration tremblante en regardent le livre.

— Je vais le faire, Lily, murmurai-je. Il sait que je suis là et ne m'a pas renvoyée.

Tu vas y arriver, répondit Lily dans ma tête.

— Oui. Je vais les laisser me déguiser et, espérons-le, me nourrir, puis dès qu'ils me ficheront la paix, je découvrirai où il garde son navire.

Hochant fermement la tête, je fermai le livre et me levai.

— Je vais y arriver, putain.

CHAPITRE 10

Je suivis Galatée dans un couloir avec des colonnes le long de chaque mur et de beaux motifs dorés qui représentaient des vagues déferlantes entre elles. Je tendis la main, la passant dessus pour voir si c'était de la peinture ou de la magie. Les vagues dorées bougèrent au fur et à mesure que mes doigts les effleurèrent, et une odeur océanique déferla sur moi. Je ne pus retenir le sourire qui jaillit sur mes lèvres.

Ma séance pleurs-et-encouragements m'avait aidée, et avec l'émotion que j'avais ressentie en voyant le visage de Poséidon pour la première fois depuis que j'avais cru perdre Lily pour toujours, je me forgeai maintenant une résolution inconditionnelle. *J'étais au palais.* C'était exactement là où je voulais être.

Lorsque Galatée franchit une arche et poussa une porte, je pris le risque de lui poser une question.

— Alors, qu'est-ce que Poséidon compte faire, à propos de cette histoire de pierre ?

Elle me regarda brusquement par-dessus son épaule alors que nous entrions dans une nouvelle pièce.

— Ne parle pas de ça quand nous ne sommes pas dans des endroits privés, siffla-t-elle.

Je regardai autour de moi, sans voir personne. Nous étions dans une cabine d'essayage géante, avec des miroirs, des bancs et des comptoirs en marbre de tous les côtés de la pièce sauf un, qui semblait être un immense dressing.

— Il n'y a personne ici…, commençai-je.

Mais elle se retourna pour me faire face, son visage féroce.

— Tu ne mettras pas en danger la vie privée du roi, cracha-t-elle.

Je fis de mon mieux pour ne pas reculer devant elle, mais elle dégageait tellement de colère que c'était dur.

— D'accord. J'ai compris, dis-je en levant les mains.

— Tu auras l'occasion de lui en parler directement, dans les circonstances de son choix. Après les Épreuves.

— Les circonstances de son choix, répétai-je.

Décidément, il avait l'air très exigeant.

— C'est le Roi. Et un dieu. Ce sera comme il l'entend, ou pas du tout.

— Le mari idéal, marmonnai-je avec sarcasme dans ma barbe.

— Bien sûr, toi, tu es une épouse parfaite, dit-elle en haussant un sourcil.

— Je n'ai jamais voulu être sa femme !

Elle bascula sur ses talons, puis montra l'un des bancs.

— Assieds-toi. Attends. Les nymphes seront bientôt là pour s'occuper de toi. Ne leur dis pas qui tu es, ou ce que tu es. On modifiera ta peau pour qu'elle perde son éclat, et il faudra que tes cheveux changent de couleur.

— Ma peau ? demandai-je.

Ma peau avait un léger éclat, rien de comparable à la beauté nacrée de ma sœur, mais elle n'avait pas brillée depuis que j'étais arrivée dans le monde des humains. Et mes cheveux étaient bruns.

Elle désigna à nouveau le banc.

— Assieds-toi. Attends. Ne parle à personne.

Je fis ce qu'elle m'avait dit, et mon souffle se coupa quand je vis mon reflet dans le miroir orné de la commode.

Mes cheveux étaient un tout petit peu bleus. Un bleu poudré. Et ma peau avait un léger éclat, comme quand j'étais enfant. Je tirai sur le col de ma chemise et regardai mon tatouage, presque trop effrayée pour respirer.

S'il vous plaît, s'il vous plaît, qu'il ait un peu de couleur.

Rien. Un contour noir de coquille de nautile, rien de plus.

Quand je contemplai mon reflet, mon visage était plissé de déception, et Galatée me regardait en fronçant les sourcils, de l'amusement dans les yeux.

— Pourquoi est-ce que tu viens d'inspecter tes seins ?

Je pouffai au mot « seins ».

— Ça me regarde, merci bien, lui dis-je.

— Tu es très bizarre. Je peux comprendre pourquoi Poséidon ne t'a pas gardée au palais.

La colère bouillonna en moi.

— Il m'a chassée parce que c'est un connard, pas parce que je suis bizarre.

Son visage blanchit.

— Tu blasphèmes.

— C'est la vérité. Il ne me connaissait pas depuis plus de cinq minutes. Il ne pouvait pas savoir que j'étais bizarre. Il m'a épousée pour mon espèce, à cause de cette putain de prophétie stupide, puis m'a larguée là où personne ne savait qui j'étais, pour pouvoir vivre une vie d'homme célibataire. Je suis peut-être bizarre, mais on me reprochera pas de l'avoir rendu con.

— Tu devrais surveiller ta langue.

La lueur dangereuse était de retour dans ses yeux, et je fus presque soulagée lorsque l'odeur acidulée de l'océan traversa la pièce, et que la voix du dieu lui-même retentit.

— Galatée, j'ai besoin de toi dans ma salle du trône.

Les mots tonnèrent à travers les murs.

Elle me dévisagea une minute, puis tourna les talons, claquant la porte derrière elle.

Je me retournai vers le miroir, en bouillonnant intérieurement, le ventre assailli par une vague de peur à l'idée que le dieu m'ait entendue avec ses oreilles magiques le traiter de connard et de con.

Il ne t'a pas chassée parce que tu es bizarre, résonna la voix de Lily dans ma tête. Son image éclatante s'éveilla, alors que le doute m'inondait.

— Mais je *suis* bizarre.

Elle rit. *Oui, tu l'es. De toutes les meilleures façons.*

— Pourquoi m'a-t-il chassée ?

Pour que personne ne puisse t'enlever à lui. Tu te rappelles la prophétie ? Celui qui possède le cœur d'une Néréide possède le cœur de l'océan.

J'en avais parlé avec Lily de nombreuses fois dans ma tête et je tirai la même conclusion maintenant qu'à chaque fois.

— Cela n'a même pas de sens. D'abord, c'est quoi, le cœur de l'océan ? Et puis, je ne suis même pas une vraie Néréide.

Lily fronça les sourcils. *Tu es une vraie Néréide.*

Avant que je puisse répondre, la porte s'ouvrit derrière moi. Deux nymphes entrèrent, leur peau du même bleu poudré que mes cheveux et leurs robes d'un blanc éclatant.

— Bonjour. Nous sommes ici pour nous assurer que tu t'intègres à la cour et que tu ressembles à une humaine, dit la plus petite avec un sourire timide.

— Génial, répondis-je. Y a-t-il une chance que ce relooking soit servi avec de la nourriture ?

Il s'avéra que le relooking était bel et bien servi avec de la nourriture. Un immense plateau de fruits, de tourtes et de charcuterie suivit rapidement les nymphes. Je dévorai tout ce que je pouvais pendant qu'elles me couvraient de poudres magiques et faisaient des choses étranges à mes cheveux. Je renonçai à les regarder dans le miroir au bout d'un moment, utilisant plutôt mon temps pour élaborer mon plan.

J'accepterais tout ce qu'on me dirait de faire, décidai-je. Moins je serais chiante, plus il y aurait de chances qu'ils me laissent tranquille. Je ne savais pas combien de temps dureraient les Épreuves. Je me disait, peut-être, une semaine ? Et ça devrait occuper à la fois Poséidon et Galatée.

— Tous les concurrents des Épreuves logent au palais ? demandai-je à la nymphe qui couvrait mes cheveux d'une sorte de glu brillante.

Elles me rendirent mon sourire en hochant la tête avec enthousiasme.

— Oui. C'est tellement intéressant de travailler sur tant d'espèces différentes.

C'était une bonne chose. S'il y avait un certain nombre d'étrangers séjournant dans le palais, il serait plus facile de fouiner. Je décidai de tenter ma chance.

— Il y en a qui sont arrivés en bateau ?

— Je suis désolée, je ne sais pas. Fermez les yeux, s'il vous plaît, pour qu'on puisse vous maquiller.

Je fis ce qu'elles me demandaient, replongeant dans mes pensées. Un doute commençait à surnager, et j'avais du mal à l'ignorer. Si l'on en croyait le livre, alors Poséidon connaissait l'Atlantide et la fontaine de Zoi. Et si tel était le cas, pourquoi ne l'avait-il pas utilisé lui-même pour soigner son affliction ?

Il n'était pas tombé dans un coma magique avant de se changer en pierre, contrairement à Lily. S'agissait-il de la même maladie ? Ou y avait-il deux choses que je devais maintenant régler pour retrouver ma sœur ?

Si la fontaine de Zoi était aussi puissante que le livre l'insinuait, alors elle devrait traiter à la fois le problème de sommeil et celui de la pierre. Aussi, cela ne valait pas la peine d'attendre la fin des Épreuves pour voir ce que Poséidon prévoyait de faire à propos de sa propre affliction. J'avais intérêt à ficher le camp du palais dès que possible – avant qu'il ne change d'avis et ne me renvoie.

— Nous vous avons choisi des tenues pour la cérémonie de ce soir, et votre coiffure et votre maquillage sont terminés, déclara la petite nymphe.

J'ouvris brusquement les yeux et vis la plus grande nymphe debout devant la penderie, avec deux robes accrochées de part et d'autre des portes.

— Waouh, soufflai-je.

Je n'avais jamais possédé de robe. Non pas parce que ça ne me plaisait pas, mais parce que ce n'était pas pratique à porter quand on fouillait dans les poubelles ou volait régulièrement des choses.

Mais si jamais *j'avais dû* posséder une robe, alors ces deux-là étaient au-delà de ce que j'aurais pu espérer. Elles étaient absolument magnifiques.

L'une était d'un bleu encre, avec une énorme jupe bouffante et de longues manches drapées. L'autre était beaucoup plus ajustée, en satin vert pâle, avec un décolleté plongeant devant et encore plus bas dans le dos.

— Euh, laquelle préférez-vous ? demandai-je en regardant les deux nymphes tour à tour.

— Votre silhouette est très mince, et la robe la plus pâle pourrait convenir à une silhouette plus voluptueuse, répondit pensivement la plus petite nymphe.

Une façon polie de dire que j'avais besoin de prendre du poids, pensai-je.

— Allons-y pour la bleu foncé.

— Comment vous vous appelez ? demandai-je, alors qu'elles m'aidaient à enfiler la robe étonnamment lourde.

Il y avait un corsage corseté, et il fallut les deux nymphes pour le serrer.

— Je m'appelle Mov, et voilà Roz.

— Je m'appelle Almi.

— Nous le savons. Êtes-vous prête à vous voir ?

— Ouais.

Ma réponse désinvolte ne se reflétait pas sur mon visage lorsque Roz fit glisser une porte pour révéler un miroir en pied.

Ma mâchoire s'ouvrit.

Je ne me ressemblais en rien. Je veux dire, mes yeux vert foncé étaient les mêmes, et mon nez et ma bouche ne paraissaient pas très différent. Mais à part ça... Ma peau autrefois pâle était bronzée, comme si j'avais passé beaucoup de temps au soleil. Le maquillage de mon visage me faisait paraître plus âgée, plus distinguée. Peut-être même... Jolie. Mais la plus grande différence était mes cheveux. Brun souris et mi-longs, mes cheveux passaient généralement leur temps attachés en un chignon sur le sommet de mon crâne. Mais maintenant, de longues mèches tombaient en douces vagues tout autour de mon visage, la majeure partie dans un chignon tressé compliqué. La coiffure n'était pas ce qui me laissait bouche bée. C'était la couleur.

— Mes cheveux sont violets.

— Plutôt lavande, je pense, déclara Mov. C'est une

couleur très populaire à la cour, en ce moment. Vous ressemblez à une humaine qui désire appartenir à l'élite du Verseau.

Elles hochèrent la tête satisfaits.

Je me tournai sur le côté, essayant d'en voir plus. Il y avait des brins bleu, mauve et lavande partout.

— Ça me plait.

— Vraiment ?

Mov parut contente.

— Oui, vraiment. Je ressemble à une star de cinéma.

Je fis un petit tour sur moi-même avec la robe, faisant tournoyer la jupe ample. Une petite panique s'empara de moi quand je me retrouvai à nouveau face au miroir.

Mon tatouage.

Il aurait dû être visible au-dessus du décolleté en cœur du corset, mais je ne pouvais pas le voir dans le reflet. Je baissai les yeux vers moi, soulagée de deviner le contour de la coquille sous mon sternum, les lignes affleurant ma poitrine.

Ne voulant pas supposer que les nymphes étaient au courant à propos de mon tatouage, ou que cela signifiait ce que j'étais, je ne dis rien. Je demanderais à Galatée pourquoi je ne pouvais pas le voir dans le miroir, la prochaine fois que je la verrais. Je fronçai la bouche en pensant à la sévère générale. Il fallait que j'arrête d'être si agressive envers elle. Et le tout-puissant connard aquatique.

Juste au bon moment, la porte de la cabine d'essayage s'ouvrit brutalement, et du cuir bleu et des cheveux blancs apparurent.

Galatée me jeta un coup d'œil rapide, puis hocha la tête.

— Vous vous intégrerez. Partez, dit-elle aux nymphes.

Elles filèrent toutes les deux.

— Écoutez, je voulais juste dire que je suis désolée d'être si…, commençai-je à dire.

Mais elle leva la main.

— Poséidon a besoin de vous.

— Quoi ? Il n'a pas eu besoin de moi depuis…

Je m'interrompis avant de dire « huit ans », dardant mes yeux vers sa large épée. J'aurais pu jurer qu'elle sourit presque.

— Il faut que tu assistes à la cérémonie des Épreuves de Poséidon ce soir. Tu te prétendras journaliste.

— Journaliste ?

— Oui. Tu as une grande bouche et tu aimes poser des questions. Le personnage doit correspondre, et c'est une raison valable pour une humaine d'être à un tel événement.

Je gardai délibérément ma *grande bouche* fermée.

— Ne dis à personne qui ou ce que tu es vraiment. Aux yeux de tous, tu es humaine. Poséidon a fait en sorte que ton tatouage soit invisible pour tous les autres. Personne dans le palais, à part nous trois, ne connaît la vérité. Cela doit rester ainsi.

— Vous l'avez dit très clairement, dis-je.

— Bien.

— Puis-je garder mon propre nom ?

— Oui.

— Puis-je vous appeler Gala ? Ou Thé ?

Elle poussa un long soupir.

— Non. Tu ne devrais pas avoir à interagir avec Poséidon ce soir, ni même tout au long des Épreuves. Évite les ennuis, et les prochains jours devraient se dérouler sans incident.

— J'ai pigé.

— Ensuite, nous pourrons découvrir pourquoi tu vois la pierre, alors que personne d'autre ne le peut. Si tu as le projet de vivre comme la légitime épouse de Poséidon quand ce sera fini, avec une couronne et un statut de reine, alors j'ai bien peur que tu ne sois déçue.

Sa voix était étonnamment douce, et j'eus l'impression qu'elle me disait ça non pas par méchanceté, mais pour que je modère mes attentes.

Cela n'empêcha pas l'indignation de monter en moi comme un feu d'artifice.

— Vous pensez que je veux être une putain de reine ? Mariée avec lui ?

Ses yeux glacés plongèrent dans les miens.

— Écoutez, je n'ai pas besoin d'un homme. Quand j'aurai guéri ma sœur, j'aurai toute la compagnie dont j'ai besoin. Je suis bien contente de rester à l'écart de sa seigneurie aquatique.

La vérité, c'était qu'il m'avait terrifiée, la première fois que je l'avais vu. Plus vite je pourrais mettre de la distance entre nous, mieux ce serait.

— Je te crois, dit enfin Galatée. Et je crois qu'il doit être difficile d'être forcée de se marier contre sa volonté.

Je me figeai. Ces mots étaient si totalement inattendus.

— Oui.

Puis je haussai les épaules.

— Enfin, c'est facile d'être mariée avec lui, en fait. Il m'a complètement ignorée tout le temps. Ce qui ne m'a pas plu, c'était d'être chassée de chez moi. Et loin de Lily.

Galatée hocha la tête.

— Viens. Il est temps d'accueillir les concurrents.

Je fis un pas en avant, légèrement déséquilibrée dans la lourde robe. Me surprenant à nouveau, elle tendit un bras pour me stabiliser.

— Merci.

— Remercie-moi en te comportant bien, ce soir, a-t-elle dit.

CHAPITRE 11

Je suivis Galatée dans d'autres couloirs décorés de peintures enchanteresses de vaguelettes dorées, mon esprit jonglant entre les pensées comme une sorte de ping-pong. Je ne pouvais pas m'empêcher d'imaginer ce que ce serait d'être réellement reine, et de vivre dans ce luxe. Vu l'existence merdique que j'avais menée pendant des années, j'avais concentré toute mon attention sur mon retour, et je n'avais jamais pensé au fait que j'étais techniquement reine. J'étais une transaction commerciale aux yeux de Poséidon, rien de plus, et cela m'avait été facile à accepter.

Il y avait eu une période où je m'étais intéressée aux hommes, des moments où je m'étais sentie seule et où mon corps avait fait des demandes que ma raison avait hésité à confirmer. Mais je n'étais jamais passée à l'acte. Pas par loyauté envers Poséidon, mais parce que je ne voyais pas à quoi cela aurait servi. Si j'avais trouvé un homme, été avec lui, que j'étais même tombée amoureuse de lui, qu'est-ce que j'aurais fait ? Héra était la déesse du mariage dans l'Olympe et ses règles étaient claires. Un partenaire. Pas plus. J'aurais peut-être pu ramener un amant humain avec moi, mais alors quoi ? Je n'aurais pas pu épouser. Et je ne connaissais pas assez bien le dieu de l'océan, *mon mari*, pour savoir s'il aurait ignoré le fait que sa femme avait un amant.

Non, j'avais accepté une vie sans amour peu de temps après mes vœux de mariage forcés. Mais je n'avais jamais, jamais accepté une vie sans ma sœur.

Le bruit des sabots claquant sur les carreaux ramena mon attention à la réalité, et je regardai par-dessus mon épaule.

Un centaure marchait dans le couloir derrière nous, et nous rattrapait rapidement. Elle portait une armure sur son torse humain, des arbalètes suspendues à ses hanches et des couteaux attachés à sa poitrine carapacée. Ses cheveux bruns cascadaient en tresses serrées autour de son visage sévère, et il y avait des symboles rasés dans le pelage marron de son corps chevalin puissant. Elle était magnifique.

— Galatée, salua-t-elle en adressant un signe de tête au général quand elle nous dépassait.

Sa queue était tressée de la même manière que ses cheveux. Galatée hocha la tête en retour, et une vague d'excitation m'envahit. J'étais vraiment de retour. Des années sans magie, et maintenant... il y avait des centaures dans les couloirs.

Nous tournâmes dans un couloir plus large, avec rien d'autre que de l'air entre les colonnes, et des bustes de combattants à l'air féroce de toutes les espèces de part et d'autre, sur des piédestaux. Beaucoup étaient des créatures marines. Le couloir montait en pente douce, et je regardai dehors tandis que nous avancions. Nous nous déplacions entre deux tours, réalisai-je, et au loin s'étendait le bleu infini de l'océan. Des formes bougeaient dans l'eau, trop loin pour qu'on les distingue.

Des doubles portes blanches décorées se dressaient au bout du couloir, et Galatée se dirigea dans cette direction. Elles s'ouvrirent devant nous, et une voix retentit.

— Bienvenue, Galatée du Verseau, général des armées de Poséidon.

Il y eut une petite vague d'applaudissements quand elle entra dans la pièce. Je pris une inspiration et la suivis.

— Oh là là…, marmonnai-je.

La salle était circulaire, et je supposai qu'elle s'étendait sur un étage entier de la tour dans laquelle nous étions entrées. Comme dans le couloir, elle était bordée de colonnes qui soutenaient le plafond, avec des espaces entre chaque. Mais contrairement à ce qu'on voyait dans le couloir, la vue ne donnait pas sur le reste du palais et l'océan au-delà. Au lieu de cela, une sorte de récif de corail enchanté encerclait la pièce. La couleur et la vie fleurissaient partout. Des centaines et des centaines de poissons de toutes les couleurs et de tous les motifs que j'aurais pu imaginer voletaient entre d'énormes éventails de corail pastel, et de hautes herbes marines vertes ondulaient dans les doux courants, tandis que des anguilles phosphorescentes se glissaient entre elles. Des flots de bulles scintillantes de particules dorées tourbillonnaient dans l'eau comme des étoiles filantes. C'était fascinant. Tellement fascinant que je m'arrêtai sur le pas de la porte.

— Oh, désolée, marmonnai-je quand quelqu'un me heurta dans le dos.

La femme se contenta de faire un bruit désapprobateur et s'éloigna avant que je puisse apercevoir son visage.

Je chassai mon émerveillement devant les lieux, et je m'enfonçai plus loin dans la pièce. Une nymphe comme les deux qui m'avaient habillée surgit de nulle part, pour me proposer un plateau de verres délicats. Un liquide pâle bouillonnait à l'intérieur, et j'espérai que c'était de l'alcool en prenant une gorgée avec gratitude.

J'essayai de me concentrer sur les autres convives dans la pièce, plutôt que l'incroyable environnement, tout en sirotant la délicieuse boisson.

Le centaure qui nous avait dépassées était là, ainsi que deux minotaures, ces créatures taurines massives et sinistres dans une salle où la plupart des invités étaient vêtus de couleurs vives ou avait la peau bleue. Des silhouettes attirèrent mon regard contre ma volonté, et je devinai que ceux qui avaient le plus de prestance étaient les dieux de l'Olympe eux-mêmes. Enfant, j'avais assisté à des événements présidés par les dieux, mais je n'avais jamais été aussi proche d'eux. À part le connard aquatique, bien sûr.

Sans aucun doute, le prix de la prestance revenait au dieu en robes noires, aux yeux argentés et aux vrilles de fumée qui lui dansaient sur la peau. *Hadès.* Mais je ne l'avais jamais vu sous forme humaine auparavant – il s'était toujours présenté en public comme un être de fumée éthéré lorsque je vivais sur l'Olympe. Je haussai les sourcils en le regardant de l'autre côté de la pièce, sa bouche recourbée en un sourire alors qu'il conversait avec le minotaure le plus grand, et Galatée. Depuis quand le dieu de la mort allait-il aux fêtes et souriait-il ? Il se déplaça vers la droite, et je vis qu'une femme de l'autre côté lui tenait le bras. Elle était vêtue d'une robe verte, ses longs cheveux blancs tressés de fleurs dorées. Elle le regarda comme s'il était de l'eau dans un désert, et je compris soudain pourquoi Hadès souriait.

Il avait trouvé l'amour.

J'arrachai mes yeux du couple, à la recherche d'autres dieux. Plus précisément, Zeus et Poséidon. Ils auraient dû inspirer le même pouvoir que Hadès. Mais je ne pouvais voir, ni sentir aucun des deux. Il n'y avait pas de meubles dans la pièce, mais çà et là de petites piscines avec de grandes fontaines dorées et décorées de chevaux et de dauphins, et la plupart des invités étaient regroupés autour. Je reconnus Dionysos – son éternel pantalon en cuir, sa chemise hawaïenne ouverte et ses dryades forestières à moitié nues drapées autour de lui le trahissant immédiatement. C'était un fêtard, ce qui, je suppose, convenait à un dieu du vin. Je pus aussi voir Athéna, la chouette des neiges sur son épaule, l'air toujours aussi sérieux tandis qu'elle parlait à une petite femme avec un casque orné d'un croissant de lune. Héra et Aphrodite étaient absentes, mais Apollon et sa sœur jumelle Artémis étaient ensemble, à parler tranquillement à l'une des fontaines. Ils portaient tous les deux des robes blanches et avaient des cheveux brillants couleur miel.

Comme s'il avait senti que je les regardais, Apollon se tourna vers moi. Même à vingt mètres de distance, je sentis sa puissance lorsque ses yeux dorés brillants trouvèrent les miens. Il sourit, et mes entrailles se retournèrent. Il était beau. Beau comme un mannequin. Je détournai mon regard, faisant quelques pas dans la direction opposée. Je ne voulais plus attirer l'attention d'autres maudits olympiens, merci bien. Je supposai que j'avais eu de la chance que Poséidon s'intéresse si peu à moi, en dehors du mariage.

Je réalisai que je trépignais légèrement à mesure que mes pensées s'assombrissaient, et je relâchai la tension dans mes épaules et ralentis l'allure.

Regarde tout. Apprends ce que tu peux. La voix de Lily résonna dans ma tête, et je pris une longue gorgée de mon verre, et le vidai. Elle avait raison. J'étais ici pour un casse, et toutes les informations seraient utiles.

Il y avait des créatures dans la pièce que je n'avais même jamais vues auparavant, et je fis de mon mieux pour ne pas les lorgner tandis que je me déplaçais aussi négligemment que possible dans la foule. Quelque chose que je pris pour une harpie étendit une main ratatinée dans l'une des fontaines, et je me rapprochai pour voir qu'elle essayait d'attraper les carpes qui nageaient dans le bassin. Elle était petite, avec des ailes de cuir déchirées qui lui jaillissaient dans le dos et se repliaient autour de son corps ratatiné. Son visage était difforme et colérique, ses yeux prédateurs. J'avançai rapidement.

Il y avait beaucoup d'espèces marines, et même si j'avais au moins entendu parler de toutes, c'était la première fois que je voyais certaines. La plus intéressante à mes yeux était une créature qui semblait être entièrement faite d'écume de mer grise. Quand je m'en approchai, j'eus une envie intense de me jeter dans l'océan, et de ne plus jamais retourner à la surface, alors je décidai de lui donner de l'espace, ravalant ma curiosité. J'aurais aimé que Galatée reste avec moi, juste pour pouvoir lui poser des questions. Mais elle était engagée dans une conversation chaque fois que je la repérais, et je m'étais jurée de ne pas être un embêtement, alors j'étais obligée de m'en tenir à mes suppositions.

Juste au moment où je m'approchais d'un groupe de créatures marines, qui toutes arboraient une peau de diverses nuances du vert jusqu'au bleu, et des cheveux blancs ou noirs, la voix de l'annonceur retentit.

—Poséidon, dieu de la mer et roi de l'océan !

L'odeur de brume salée emplit l'air, et je me tournai vers le centre de la pièce, où une lueur blanche s'étalait. Les invités applaudirent bruyamment alors que la lumière s'éteignait pour révéler Poséidon.

CHAPITRE 12

*I*l portait les mêmes robes que ce jour fatidique, sur l'estrade – des robes qui ressemblaient à l'océan. Ses cheveux blancs étaient tressés en arrière, ses larges épaules bronzées. Il ressemblait à Adonis version viking, et une fois de plus, je me morigénai de l'avoir remarqué. Il leva sa main armée de son trident vers la salle en signe de salutation, mais aucun sourire n'effleura ses lèvres. Lentement, ses yeux parcoururent la pièce. Quand ils atterrirent sur moi, ils s'arrêtèrent.

J'eus soudain très conscience de toute l'eau dans la salle, et j'entendis des vagues se briser au loin. Galatée s'avança vers lui, lui faisant détourner son regard de moi, et la sensation s'évanouit.

Je secouai la tête, avalant le liquide pétillant de mon verre froid. Pourquoi avait-il un tel effet sur moi ?

Sérieusement ? Lily répondit dans ma tête. *C'est un dieu.*

— Hmmm, marmonnai-je. Je ne suis pas sûre qu'il ait cet effet sur tout le monde dans la pièce.

— Pourquoi parles-tu toute seule ?

Je me tournai à la voix profonde, renversant mon verre, tant j'étais surprise.

De près, la prestance de Poséidon était encore plus écrasante, ses yeux si intensément brillants que je ne pouvais pas regarder ailleurs. Je rassemblai autant de culot que possible, et je relevai le menton.

— Parce que j'ai été obligée de vivre seul pendant des années. Il n'y avait personne d'autre à qui parler.

Son expression se crispa, et je me trouvai complètement incapable de l'imaginer arborer un sourire.

— Alors tu parles toute seule ?

— Je suis d'excellente compagnie, merci bien.

— Que fais-tu là ?

— Je vous l'ai déjà dit.

— Tu as voulu me prouver ta valeur pour que je puisse t'aider.

Son ton ne laissait aucun doute sur le fait qu'il ne me croyait pas.

Je me dandinai, mal à l'aise.

— C'est vous réception, vous ne devriez pas parler à vos invités ?

J'arrachai mes yeux de son visage et je regardai autour de nous. Pas une seule autre âme ne regardait dans notre direction. Je penchai la tête, surprise que tous les yeux ne soient pas rivés sur l'hôte et l'humaine à qui il parlait, quand je réalisai que je regardais tout le monde à travers une sorte de film scintillant.

— Nous sommes dans une bulle.

— Une bulle ?

— Personne ne peut nous entendre. Ou nous voir. Alors dis-moi. Que fais-tu ici ?

Je ne savais pas s'il me menaçait – son comportement habituel était si distant qu'il était impossible de le dire.

— Galatée a dit de vous éviter, ce soir.

Même si cela semblait impossible, sa bouche se crispa encore plus. On l'aurait cru taillé dans la pierre. Cette pensée me fit réaliser quelque chose.

— Je ne vois plus la pierre, murmurai-je à moitié.

— Qu'importe la pierre. Que fais-tu là ? Comment es-tu arrivée à l'Olympe ?

— Qu'importe la pierre ? répétai-je incrédule. Je pensais que c'était la seule raison pour laquelle vous ne m'aviez pas déjà renvoyée dans le royaume humain ?

— Dieux que tu m'agaces, aboya-t-il – et je reculai d'un pas lorsque le grondement du tonnerre retentit. Réponds à ma question, grogna-t-il.

Je croisai les bras, essayant de contenir ma peur grandissante. Ses yeux se posèrent sur ma poitrine si brièvement que je faillis ne pas le voir. Supposant qu'il regardait mon tatouage plutôt que moi, j'essayai de soupeser mes options.

Je pouvais être docile et obéissante, et essayer de gagner sa confiance. *Sans doute peu efficace.* Docile, ce n'était pas ma première qualité.

Ou alors, je pouvais être si agaçante qu'il se mettrait en colère et me laisserait tranquille.

— Vous savez, votre trident est moins impressionnant que je ne le pensais, dis-je, aussi désinvolte que possible.

Il jeta une œillade à son trident, les sourcils froncés.

Je jure que je vis de vraies vagues dans ses yeux, de la mousse argentée mouchetant le bleu vif.

— Tu sais, je pourrais te forcer à me répondre, siffla-t-il.

Une véritable peur froide m'envahit à ces mots. Pouvait-il me forcer à lui dire la vérité ? Ou pire, regarder dans ma tête ?

— Ah ouais ? Eh bien, je pourrais dire à tout le monde qui je suis vraiment. Que penserait l'Olympe d'un roi qui a épousé une femme contre son gré, puis l'a cachée aux yeux de monde ?

— La barre n'est pas très haute, sur l'Olympe, grogna-t-il. Je doute fortement que quiconque se soucie de savoir qui j'épouse.

— Et vous ?

— Moi quoi ?

— Vous vous fichez de savoir qui vous avez épousé ?

La question qui jaillit de mes lèvres me surprit autant que lui. Un silence gêné s'installa alors qu'il me dévisageait. Les vagues avaient cessé de déferler dans ses iris, mais son expression sévère était restée.

— Il faut que je possède le cœur d'une Néréide, dit-il enfin.

Une vague d'émotion inattendue monta en moi.

— Et auriez-vous largué Lily dans le monde des humains, toute seule, si vous aviez eu la chance de l'épouser ?

— Oui.

— Pourquoi ?

— Tu es trop précieuse pour demeurer dans ce monde, où n'importe qui peut te voir, siffla-t-il.

— Précieuse ? Je ne suis pas un putain de bijou !

Je réalisai que je criais et que je ne me maîtrisais pas assez pour m'arrêter.

— Qu'est-ce que c'est, le cœur de l'océan, de toute façon, et quel rapport avec moi et Lily ? Pour qui vous vous prenez, à me séparer de la seule foutue famille qu'il me reste au monde, pour la laisser mourir seule !

Je n'avais même pas réalisé que j'avais fait un pas en avant, jusqu'à ce que mon doigt s'écrase sur son torse solide. La douleur darda dans mon poignet, mais il était trop tard. Rien n'arrêterait la tirade furieuse qui sortait de ma bouche. Le résultat de près d'une décennie de colère, jusqu'à la découverte que, si j'étais revenue plus tard, ma sœur se serait peut-être changée entièrement en pisse. Un raz-de-marée de haine.

— Vous êtes un monstre ! Un putain de connard, sans compassion ni gentillesse dans le petit doigt ! Vous m'avez obligée à la quitter !

Je m'étouffai sur les derniers mots, une chaleur brûlant au fond de mes yeux, et en tremblant de tout mon corps.

— Vous m'avez obligée à la quitter.

La phrase était un murmure, cette fois, et une larme m'échappa, brûlante sur ma joue.

Je sursautai sous le choc lorsqu'une de ses mains agrippa mon épaule. La fureur brûlait dans ses yeux, et il me toisait avec une férocité qui me ratatina le corps.

J'avais merdé.

J'avais vraiment merdé. J'avais gâché ma seule chance d'aider Lily en l'utilisant pour crier et jurer contre la seule personne qui m'éloignerait d'elle à nouveau.

— Tu..., dit-il dans un souffle.

Tout son être sembla gonfler, et le tonnerre gronda au loin.

— Tu...

Sa prise se resserra sur mon épaule, et je pris une inspiration tremblante à cause de la douleur.

Lâchant prise, il recula brusquement, et je trébuchai. Il s'éloigna, et le bruit de la fête revint à mes oreilles. J'inspirai profondément, essuyant les larmes sur mes joues, sans oser détacher mes yeux du dos du dieu de l'océan. Il traversa la pièce à grands pas, s'arrêtant lorsqu'il arriva devant Galatée pour lui siffler quelque chose. Le sourire déserta le visage de celle-ci quand elle se retourna vers lui.

— Est-ce que ça va ? Tu as l'air un peu... pâle.

J'arrachai mes yeux de Poséidon pour regarder la

femme aux cheveux blancs et en robe verte que j'avais vue avec Hadès.

— Je, euh…

Je clignai des yeux. L'adrénaline me pulsait dans le corps après ma crise de colère, et mes jambes me semblaient bizarres.

— Allons, dit la femme.

Et elle me conduisit à une fontaine. Elle s'assit d'abord sur la margelle en marbre, et je l'imitai, m'assurant que Poséidon était toujours dans ma ligne de mire.

— Je m'appelle Perséphone, dit la femme. Tout le monde ici m'appelle Persy.

— Almi, répondis-je en lui dardant les yeux vers elle.

— Tu connais Poséidon, hein ? On dirait qu'il passe un savon à Galatée.

Elle parlait d'un air entendu, et ce que je devinais être un accent new-yorkais.

Je me concentrai enfin sur elle.

— Tu viens du monde des humains ?

— Ouais. Enfin, non. Je suis née ici, j'ai été bannie pendant près de trente ans, puis je suis revenue, dit-elle en haussant les épaules et en buvant une gorgée de sa boisson. Ça s'est plutôt bien terminé.

Elle regarda ostensiblement Hadès. Il semblait faire de son mieux pour ne pas rire à quelque chose qu'un homme à barbe rousse lui disait.

— Trente ans ?

— Ouais. Je suppose que tu n'as jamais assisté aux Épreuves de Hadès ?

Je secouai la tête. Elle m'adressa un sourire contrit.

— Entre toi et moi, ces dieux sont tarés. Mais Poséidon ? Il n'est pas aussi mauvais que tout le monde pense.

Mes sentiments devaient être évidents sur mon visage, car elle rit.

— D'accord, il *est* aussi grincheux que tout le monde le dit. Mais il a bon cœur.

C'était *mon* putain de cœur qui intéressait Poséidon, pensai-je. *Posséder le cœur d'une néréide.*

Ces mots me revinrent. *Tu es trop précieuse.* L'idée d'avoir de la valeur aux yeux de qui que ce soit me fit tourner la tête.

Je laissai échapper un long soupir.

Pourquoi ne m'avait-il pas renvoyée ? Pourquoi m'avait-il laissée lui parler ainsi ? Je veux dire, tout ce que j'avais dit était vrai, et il méritait carrément qu'on lui crie dessus. Mais je ne pouvais pas croire que j'étais encore là, au palais.

Mes yeux retrouvèrent son dos, et il s'immobilisa, comme s'il savait que je le regardais.

— Tu es du monde des humains ? demanda doucement Perséphone.

— Ouais, répondis-je distraitement.

— Olympiens, citoyens et tous ceux qui nous regardent à travers l'Olympe ! rugit la voix de l'annonceur.

Tous ceux qui nous regardaient ? Donc, les Épreuves étaient diffusées. Cela avait du sens, étant donné que j'étais censée me faire passer pour un journaliste.

— Permettez-moi de vous présenter vos concurrents !

Je ne pouvais voir aucune personne à qui la voix aurait pu appartenir, mais les doubles portes s'ouvrirent. Tous les invités se turent et regardèrent les compétiteurs entrer dans la pièce. Poséidon se dirigea vers la porte, flanqué de Galatée.

Une procession de quatre personnes entra, avant de s'arrêter en ligne devant le dieu de l'océan. Je me rappelai nerveusement quand j'avais été l'une des femmes alignées sur la plate-forme, il y a toutes ces années.

Poséidon marcha le long de la rangée de concurrents, hochant la tête à l'adresse de chacun d'eux. Il y avait un bel homme âgé aux cheveux noirs, à la peau pâle et à l'armure de cuir, qui aurait pu être humain, vu son apparence. À côté de lui se trouvait une femme à la peau bleu marine foncé, avec des tresses noires et une courte robe noire. Une lance visiblement mortelle était serrée dans sa main, et ses lèvres avaient un léger rictus. À côté d'elle se trouvait un homme grand et laid à la peau verte, sans cheveux, un air vide et vaguement colérique sur la figure. Enfin, il y avait une femme qui semblait… bizarre. Il n'y avait pas d'autre façon de la décrire. C'était comme si elle ne correspondait pas à son corps, d'une manière ou d'une autre, ses membres légèrement trop longs ou trop courts. Elle avait la peau bleue et les cheveux blancs d'une sirène, mais ses yeux étaient sombres, et tout son corps était nerveux. Poséidon s'arrêta devant elle, les yeux plissés.

Après un court instant, il se tourna vers la pièce.

— Les Épreuves de Poséidon commenceront à l'aube. Profitez-en bien.

Avec un regard bref, mais perçant, dans ma direction, il tourna les talons et franchit les portes, sa belle robe bruissant de vagues à son départ.

Galatée me jeta un coup d'œil, puis se précipita après lui. Était-ce un regard pour dire que je devais partir avec eux ? Ou est-ce que ça voulait dire : « tu en as déjà assez fait » ?

— Eh bien, voilà à quoi ressemble Poséidon quand il est de bonne humeur, rit Perséphone en se levant. Si tu veux bien m'excuser, ajouta-t-elle en m'adressant un sourire sincère. Profite de la fête.

Je la regardai se diriger vers Hadès, ses yeux brillant de lumière quand il la vit approcher. Un éclair d'émotion éclata en moi, et je fermai les yeux une seconde.

— Lily, aide-moi. Je besoin de me ressaisir, murmurai-je.

Oui, en effet. Je n'arrive pas à croire que tu lui as crié dessus comme ça, Almi.

— Je sais. Mais, pour une raison ou pour une autre, on est encore là. Et il a fait disparaître la pierre.

J'avais été tellement prise par ma colère que je l'avais oublié. Son visage n'était plus recouvert de pierre. Avait-il une sorte de pouvoir magique, ou de remède, pour la faire disparaitre ? Si oui, j'en avais besoin. Si je pouvais en acheter à Lily, je le ferais.

Je balayai la pièce du regard. Tous les invités s'étaient à présent précipités pour parler aux concurrents. Personne ne me regardait. Je posai mon verre sur le rebord de la fontaine, retroussai ma jupe et marchai aussi vite que possible vers la double porte.

CHAPITRE 13

J e me précipitai sur le pont-couloir, ne voulant pas les perdre, et poussai presque un cri de surprise quand j'arrivai au bout et que Galatée surgit de derrière l'un des piliers de marbre.

— Jésus Marie Joseph, qu'est-ce que vous essayez de faire ? haletai-je en me tenant la poitrine.

— Je pourrais te poser la même question. Qui est Jésus Marie Joseph ?

— Des gens du monde humain. Je pensais que vous vouliez que je vous suive, mentis-je.

— Tu es censée être journaliste. Tu devrais interviewer les concurrents.

— Je ne veux pas. Je veux savoir pourquoi je n'ai pas pu voir la pierre sur la figure de Poséidon, ce soir.

Galatée soupira et passa une main sur son visage.

— Dieux, qu'on me donne la force.

Je la regardai, dans l'expectative.

— Sait-il comment guérir ce truc ?

— Non, sinon tu ne serais plus là, grogna-t-elle à

moitié. Je te dirais de lui demander toi-même, mais vu que tu as réussi en cinq minutes à le mettre plus en rogne que je ne l'avais vu depuis des années, ce n'est peut-être pas la meilleure idée.

— Oh.

— Que lui as-tu dit ? demanda-t-elle.

Puis elle parut se reprendre.

— Ce ne sont pas mes affaires, dit-elle en secouant la tête et en se redressant.

— Ça ne me dérange pas que vous demandiez, dis-je en haussant les épaules. Je lui ai dit que son trident était décevant.

Galatée me dévisagea, et je ne pus dire si elle essayait de ne pas rire ou d'empêcher sa paupière de trembler.

— Qu'est-ce qui cloche, chez toi ?

— Rien qui ne puisse être attribué à son altesse royale, souris-je.

— Tu lui reproches ton désir évident de mettre en colère tous ceux avec qui tu entres en contact ?

— Je lui reproche beaucoup de choses.

— Bien, dit-elle. Je pense que c'est probablement mieux que je te conduise à ta chambre.

Je clignai des yeux.

— Mais je veux parler de la pierre à Poséidon.

— Non. Tu ne parleras à personne d'autre ce soir.

J'ouvris la bouche pour protester, puis la refermai. Il serait peut-être sage de ne pas pousser ma chance avec Poséidon ce soir. Il pourrait même oublier ce que je lui avais dit et décider de m'être plus utile.

Ouais, et peut-être que je me réveillerai demain et que j'aurai des pouvoirs magiques, pensai-je d'un air maussade. Zéro chance que l'un ou l'autre se produise.

Cependant, il valait mieux aller dans ma chambre. Je

serais enfin seule et libre de m'éclipser pour explorer le palais.

Je suivis Galatée, en essayant de me rappeler les virages que nous faisions. Enfin, nous atteignîmes une porte blanche, identique à la plupart des autres que nous avions dépassées, et elle s'arrêta.

— Nous y voilà. Je serai de retour avant l'aube pour t'escorter jusqu'aux Épreuves.

Elle tendit la main et laissa tomber quelque chose de petit dans un trou de la porte. Les clés de l'Olympe ressemblaient généralement à des orbes qu'on glissait dans des trous. Il y eut un déclic, et la porte s'ouvrit pour révéler la même chambre où je m'étais réveillée.

— Merci, dis-je.

Elle fit un geste vers la pièce.

— Puis-je avoir la clé ? demandai-je en lui tendant la main.

Mon estomac se noua quand je vis son visage se crisper.

— Non.

— Vous ne pouvez pas m'enfermer.

— Si, je peux.

J'eus l'impression qu'on me jetait de l'eau glacée.

— Alors je suis prisonnière ?

— Non, vous êtes une invitée. Une invitée qui n'a rien à faire à l'extérieur de cette pièce pendant les six prochaines heures.

— Je ne veux pas être prise au piège, dis-je en serrant les dents.

— Tu ne le seras pas. Le palais est magique : s'il y a une urgence, la porte se déverrouillera.

J'étais certaine d'entendre de la réticence dans sa voix, et je m'y raccrochai.

— Galatée, s'il vous plaît. Je promets de ne pas quitter la pièce, mais s'il vous plaît, ne m'enfermez pas.

— Je suis désolée, Almi.

Douce mais ferme, elle agrippa mon épaule et m'entraîna dans la chambre.

— Je te verrai dans quelques heures.

La porte se referma derrière elle avec un claquement sonore.

À la seconde où elle partit, j'essayé de pousser. Sans surprise, ça ne bougea pas.

— C'est une putain de blague ! hurlai-je à la porte.

Cela ne me fit pas me sentir mieux.

— Qu'est-ce que je suis censée faire, maintenant ?

Je me jetai sur le lit massif, essayant de ne pas remarquer à quel point les draps étaient doux.

Tu pourrais dormir ? La voix de Lily était calme. Le contraire de mon cerveau qui bouillonnait.

— Si j'avais su qu'ils allaient m'enfermer, je serais restée à cette foutue fête, lançai-je sèchement.

Tu as plusieurs jours. Repose-toi.

Je grognai et me remis sur pied.

— Je n'aime pas être confinée dans de petits espaces.

Ce n'est pas un petit espace. Du calme. Regarde.

Elle avait raison, concédai-je, alors que je commençais à arpenter la pièce.

C'était une chambre immense. Le plafond brillait d'une chaude lumière dorée, qui illuminait tout l'espace et le rendait agréable. Le lit était au centre, sous une fenêtre aux rideaux bleus et or tirés dessus. Ma ceinture avec toutes ses pochettes était exactement là où je l'avais laissée, au-dessus de la pile excessive d'oreillers. Une grande bibliothèque avec des étagères pleines de livres et de bibelots se dressait contre le mur à ma droite, et un placard encore plus grand occupait le reste du mur. Sur le mur opposé, il y avait une porte que je supposai mener à une salle de bain, et une coiffeuse surmontée d'un miroir orné. J'entrevis mon reflet en le regardant, surprise par mon apparence élégante.

Je touchai mes cheveux violets et sentis ma rage s'apaiser un peu.

J'avais peut-être besoin de quelques heures pour me ressaisir. Je pouvais m'extirper de cette robe démentielle et prendre le temps de réfléchir à tout ce qui s'était passé.

J'avais juste besoin d'air. Je levai les yeux vers la fenêtre au-dessus du lit, puis grimpai sur le matelas. En écartant les rideaux, je priai pour qu'elle s'ouvre.

La vue me fit retenir mon souffle pendant un instant. Je pouvais voir tout le palais devant moi. L'océan autour de nous était sombre, ce qui rendait encore plus belle la lueur dorée du dôme. Des flèches, des tourelles et des colonnes s'élevaient autour de la tour où je me trouvais, et je pouvais voir des gens se déplacer le long de plusieurs passerelles comme celle qui m'avait conduite à la fête.

Me rappelant pourquoi j'étais à la fenêtre, je cherchai un loquet ou une poignée. Je n'en trouvai pas, mais vis une petite dépression au milieu de la vitre. J'y appuyai curieusement la main. Avec un petit scintillement, le verre disparut complètement.

— Oh !

Je poussai prudemment mon bras à travers le trou et sentis une brise fraîche souffler sur ma peau. Je me penchai, regardant vers le bas, et le vertige fit bondir mes tripes.

Sortir par la fenêtre n'était *pas* une option. C'était beaucoup trop haut, et le mur de la tour sous ma fenêtre descendait à pic. C'était probablement pour cela qu'il n'était pas verrouillé. Je me retirai dans la pièce, laissant les rideaux ouverts.

Avec une profonde inspiration, je me dirigeai vers la

coiffeuse, tendant la main pour retirer quelques-unes des épingles qui retenaient mes cheveux.

Les mèches violettes tombèrent autour de mes épaules tandis que je m'asseyais, et je réalisai que j'avais eu raison de penser que j'avais plus de cheveux qu'avant. Je ne pus m'empêcher de prendre un moment pour les admirer. C'était beau.

— Ces nymphes savent y faire, marmonnai-je en jetant les yeux sur les décorations du grand miroir.

Le cadre de la glace était du même marbre que la majeure partie du palais. De petites créatures marines étaient gravées dans la pierre, et je m'avançai sur le tabouret pour mieux les voir. Il y en avait que je reconnaissais du monde humain, comme les tortues et les dauphins, et la grande étoile de mer dans le coin supérieur. Et il y en avait d'autres que je reconnus de l'Olympe, comme l'hippocampe mi-poisson mi-cheval, et Charybde, le monstrueux ver marin mangeur d'hommes.

Une brise soufflant de la fenêtre ouverte charria l'odeur de la mer dans la pièce, et j'inspirai profondément. J'étais à la maison. Je me penchai en avant, en souhaitant très fort que mon lien avec la mer réveille ma magie, comme je l'avais fait tant de fois auparavant. Je passai mes doigts sur les créatures de l'océan sculptées sur le miroir.

— Moi aussi, je suis une créature du Verseau, murmurai-je. Alors pourquoi n'ai-je pas l'impression d'en être une ?

Je sentis quelque chose d'humide sous mes doigts et je me figeai. Du mouvement accompagnait cette sensation d'humidité, et je retirai ma main du miroir.

— Qu'est-ce que le...

Ma bouche s'ouvrit lorsque la pierre commença à changer de couleur, le marbre blanc virant au rouge profond là où l'étoile de mer que je venais de toucher était sculptée. De l'eau dégoulinait le long du cadre, s'accumulant sur la commode en dessous. Je hoquetai quand un bras de l'étoile de mer se détacha soudain du cadre. Il s'agita un peu, puis, avec un bruit de succion, l'étoile de mer entière se décrocha et tomba du miroir.

CHAPITRE 14

— *A*ïe ! dit une voix quand elle atterrit sur la commode.

Mon cœur battit la chamade dans ma poitrine, et mon regard était fixe. Rien d'autre n'avait changé sur le cadre, les autres créatures marines toujours figées dans le marbre. Mais l'étoile de mer rouge...

Il y eut davantage de bruits humides quand elle dégringola sur la commode en acajou.

— Tu viens de dire « aïe » ? Ou j'ai enfin perdu la boule ?

Ma voix sortit comme un murmure, et l'étoile de mer se figea.

— Euh...

La voix était aiguë et venait bel et bien de l'étoile de mer.

— Merde. Tu l'as fait ! Tu viens de dire « aïe » !

— Eh bien, tu aurais dit « aïe » si tu étais tombée sur la figure aussi.

Je bondis sur mes pieds, reculant de la commode.

L'étoile de mer continuait de s'agiter, ses ventouses tournées vers le plafond.

— Tu peux au moins me tourner dans le bon sens ? demanda la voix aiguë.

— Qu'est-ce qui se passe ?

Mes jambes étaient collées au sol, alors que mon esprit explorait les possibilités. L'étoile de mer était-elle une espionne ? Tous les ornements de ce palais avaient-ils pris vie ?

— Je ne sais pas ce qui se passe, parce que je suis à l'envers, répondit la voix. Je te serais très reconnaissante de me remettre à l'endroit.

Lentement, je retournai à la commode et regardai l'étoile de mer en difficulté. Elle faisait à peu près la taille de ma paume. Aussi vite que possible, je la saisis par le bout d'un bras et la retournai. J'entendis ses ventouses s'accrocher la table quand je retirais ma main.

— C'est mieux. Merci.

— De rien. Qui es-tu et pourquoi es-tu dans ma chambre ?

— Ah, j'espérais que tu pourrais me le dire. En fait, je plusieurs questions.

Je pris quelques respirations profondes.

— On commence par les noms ? Je m'appelle Almi.

— Je n'ai aucune idée de mon nom, me répondit la voix. Je ne sais même pas comment je suis arrivée ici.

— Tu étais sur mon miroir. Puis tout d'un coup tu… as pris vie.

— Comme c'est étrange, couina la voix.

— C'est un euphémisme, marmonnai-je.

Même si j'étais restée loin de toute magie assez longtemps pour supposer que je n'étais pas vraiment bien placée pour juger.

— Que *sais-tu* à propos de toi-même ?

— Je sais que je ne suis pas un redoutable guerrier.

La voix était fière, et l'étoile de mer gargouilla sur le bois de la commode.

— D'accord. Pas un redoutable guerrier.

Vu qu'elle était spongieuse et petite, ce n'était pas une surprise.

— Rien d'autre ?

— Je suis un mâle et très intelligent.

— Intelligent, hein ?

— Pour me cacher de mes ennemis.

— Habile à te cacher ? répétai-je en fronçant les sourcils. Alors, tu te cachais peut-être dans mon miroir ? De tes… ennemis ? suggérai-je.

— Je n'en ai aucune idée. Mais cela semble probable.

Je me rapprochai, et il se figea.

— Tu es grande.

— Je suis de taille normale, protestai-je.

— Tu n'es pas humaine.

Ce n'était pas une question, et je haussai les sourcils.

— Comment le sais-tu ?

Le milieu de son corps se souleva un peu, comme s'il haussait les épaules.

— Aucune idée. Puis-je te toucher ?

— Eurk, non !

Tous ses bras se hérissèrent.

— Quelle grossièreté, dit-il.

— Désolée, c'est juste que… tu as l'air visqueux.

— Je crois que, comme je ne suis pas sous l'eau, j'ai besoin de la bave pour respirer.

— Ah bon. Pourquoi veux-tu me toucher ?

— J'y suis obligé.

— Par quoi ?

— Mon être tout entier.

Je passai ma main sur mon front, fixant l'étoile de mer.

— J'aimerais que tu aies un visage. J'ai l'impression que je te ferais plus confiance si tu en avais un.

— Pourquoi tu ne me fais pas confiance ?

— Je suis prisonnière d'un dieu, et j'ai peur que tu sois son espion, admis-je.

L'étoile de mer frissonna.

— Prisonnière d'un dieu ? Cela semble dangereux. Peut-être qu'on devrait se cacher.

Je secouai la tête.

— Des idées, Lily ?

L'image de ma sœur se forma dans ma tête. *Laisse-le te toucher.*

— Pourquoi ?

Il est mignon.

— À qui parles-tu ? me demanda l'étoile de mer.

— À moi-même. Enfin, ma sœur. Mais elle dort depuis longtemps, donc je suis presque sûre que ce n'est que le fruit de mon imagination, en réalité.

L'étoile de mer se figea, puis ses jambes ondulèrent à nouveau.

— Quel est son conseil ?

Je fermai les yeux, me raidis, puis posai ma main sur la commode, paume vers le haut. Ouvrant les yeux, je parlai.

— Elle dit que je devais te faire confiance. Parce que tu es mignon.

— Mignon ? Je croyais que j'étais gluant.

— J'imagine que tu peux être mignon et visqueux.

Lentement, l'étoile de mer se déplaça, chacune de ses ventouses émettant un petit *pop* en se détachant du bois, puis s'y attachant à nouveau avec un bruit de succion.

Je plissai les yeux lorsque le premier de ses bras froids

et humides toucha mon doigt. Presque instantanément cependant, le froid disparut. Il n'était pas du tout visqueux, et alors qu'il continuait à bouger, je sentis ses minuscules ventouses sur ma peau comme de doux petits murmures. Il y avait quelque chose d'étrangement réconfortant dans sa présence, une fois qu'il se fut complètement installé au creux de ma paume.

— Alors ? lui demandai-je, quand il fut resté silencieux trop longtemps.

— Je t'aime bien, dit-il.

Je penchai la tête.

— La plupart des gens, non.

— Je ne suis pas des gens.

— Non. Je suppose que non.

Un de ses bras se replia vers mon poignet, et un sourire apparut spontanément sur mes lèvres. Sa présence était chaude et agréable en quelque sorte.

— Tu sais, tu as besoin d'un nom.

— Tu dois me nommer selon mes compétences.

— Qui sont ?

— Je te l'ai dit. Me cacher de mes ennemis.

— Qui sont ces ennemis ?

— Je ne sais pas encore. Mais quand je le saurai, je suis certain de pouvoir me cacher d'eux.

— Bien.

Je me creusai les méninges, essayant de me souvenir de l'ancien mot olympien pour « cacher ».

— Kryvo, dis-je lorsque le mot me revint à l'esprit.

Une impulsion de chaleur se répandit de la petite étoile de mer, et sa couleur rouge s'approfondit pendant un moment.

— Cela me plait beaucoup.

— Je suis contente.

Je reculai, m'assis sur le lit et levai la main pour le regarder de plus près.

— Comment te caches-tu, exactement ? Tu ne bouges pas très vite.

Sous mes yeux, sa peau changea de couleur, se fondant parfaitement avec la mienne. Bouche bée, je levai la main, la retournant prudemment à l'envers. Kryvo s'accrocha à moi, complètement camouflé. Si on ne savait pas qu'il était là, il n'y avait aucun moyen de le repérer.

— Ouah. C'est vraiment cool.

Il rougit à nouveau alors que je baissais la main.

— Si « cool » veut dire bien, alors oui. Je suis habile pour me cacher. Aussi pour voir des choses dans d'autres endroits.

— Hein ?

— Je vois des choses, je crois, à travers les yeux d'une autre étoile de mer.

Je me penchai en avant, le rapprochant de mon visage.

— Comme quoi ?

Peut-être était-il censé être un espion, mais qu'il s'était cogné la tête et avait oublié pour qui il travaillait ?

— Je peux te montrer, mais tu dois me faire confiance, dit-il.

La nervosité me parcourut.

— Je ne veux pas être impolie, mais je viens littéralement de te rencontrer.

— Nous sommes liés.

— Quoi ? Comment ?

— Je ne sais pas. Mais je suis sûr que je peux te montrer ce que je vois. J'ai juste besoin d'un accès.

— Un accès ?

— Oui. Avec ta permission. Ça peut faire un peu mal.

Je reculai la tête, alarmée.

— Faire mal ? Tu es minuscule, comment pourrais-tu…

Je m'interrompis quand une douleur aiguë me traversa la paume.

— Aïe !

— C'est le niveau de douleur auquel je fais référence. Ai-je ta permission ?

— Eh bien, ça ne sert à rien de demander après que tu m'as fait mal ! protestai-je. Tu as des dards dans ces ventouses ?

— Oui.

J'immobilisai ma main, le regardant avec plus de méfiance.

— Tu veux voir ce que voient les autres étoiles de mer ?

J'étais sur le point de dire non, mais la curiosité eut raison de moi. La curiosité avait *toujours* raison de moi.

— Oui, dis-je à contrecœur.

La douleur darda dans ma main, mais pas intense au point de me faire plus que tressaillir. Je ressentis une étrange sensation de précipitation dans mon bras, et juste au moment où je pensais que cette petite merde m'avait injecté du poison, ma vision s'obscurcit.

Elle se dégagea presque instantanément, et une pièce apparut. Pas ma chambre, mais une que j'avais déjà vue.

La salle du trône de Poséidon.

C'était une autre pièce ronde, bordée de colonnes. Mais elle était située à une telle hauteur, au-dessus du reste du palais, que je pouvais voir toute la ville du Verseau au loin, les centaines de dômes dorés magnifiques contre le bleu. Il y faisait plus clair aussi, sans doute parce que c'était plus proche de la surface, et là où les rayons effilés du soleil tombaient sur le marbre blanc, il changeait de couleur pour devenir bleu pâle scintillant.

Le plafond était en forme de dôme et décoré d'une

fresque marine à couper le souffle. Elle représentait un récif recouvert de vie aquatique, avec toutes les créatures que j'avais vues hier, et aussi des bêtes ténébreuses qui auraient pu hanter les cauchemars de quelqu'un.

Un trône se tenait au centre de la pièce, en forme d'énorme vague à crête, et assis dessus, penché en avant et tendu, se trouvait Poséidon.

— Mon roi, si elle voit la pierre, alors elle pourrait sûrement vous être utile, disait Galatée depuis là où elle se tenait, devant lui.

— C'est trop dangereux de la garder ici ! lui répondit sèchement Poséidon.

Il n'avait plus sa robe d'océan, avec ses cheveux tressés en arrière. En fait, il semblait revenir de nager. Il portait ses lanières de cuir, mais ses cheveux étaient mouillés et lâches, et l'eau scintillait sur son torse imposant. La maîtrise colérique avait disparu de son visage, et une émotion différente, très réelle, dansait librement sur ses traits.

— Je voudrais que vous me disiez pourquoi, sire.

— Je l'ai fait, grogna-t-il. Si d'autres savent que la dernière des Néréides est ici, alors ils pourront essayer de la prendre. Celui qui la possède, possède le cœur de l'océan.

— Mais sire… Vous l'avez épousée, et il ne semble pas que vous possédiez le cœur de l'océan. Si c'était le cas, vous seriez en mesure d'arrêter ce fléau.

Poséidon se leva, balayant d'un revers de bras un bol de fruits sur le piédestal à ses côtés. Celui-ci clinqua au sol.

— La prophétie était claire ! Je n'avais qu'à l'épouser. Je ne comprends pas.

— Si elle a quoi que ce soit à voir avec nos problèmes, on doit savoir quoi. Les sangs-pourris attaquent tous les jours, maintenant. Nos défenses s'affaiblissent. Si on perd confiance dans la capacité du palais à expulser les ennemis…

Elle s'interrompit lorsque les yeux de Poséidon se posèrent sur les siens.

— Tu l'as senti aussi ?

Elle acquiesça.

— Les concurrents. Au moins deux d'entre eux.

Poséidon leva un bras, balayant en arrière ses cheveux mouillés, le biceps bombé.

— J'avais espéré que j'étais paranoïaque. Je crois qu'il y a quelque chose de louche chez tous les cinq. Mais le palais ne les a pas identifiés comme ennemis.

Galatée toussa.

— Le palais n'a pas été en mesure de nous alerter à propos des requins. Ou de contenir le fléau qui vous afflige.

Poséidon ne dit rien pendant un moment, s'éloignant à ma vue. J'entendis sa voix quand il répondit.

— Demain, après la première Épreuve, je lui parlerai. À propos du fléau de la pierre.

Galatée laissa échapper un soupir de soulagement.

— Bien. Merci, mon roi. Le Verseau a besoin de vous.

Je n'entendis pas toute la réponse de Poséidon alors que la vision s'estompait, mais je fus certaine d'avoir saisi les mots « putain de miracle ».

Je battis des paupières à plusieurs reprises alors que ma chambre reparaissait autour de moi, Kryvo rouge vif dans ma paume.

— Je…

Levant la main pour rapprocher la créature de mon visage, je louchai vers lui.

— C'était réel ?

— Oui. Je pense que je peux voir à travers les yeux des autres statues d'étoiles de mer du palais.

Je tentai de rassembler mes pensées qui valdinguaient. À la manière dont Poséidon et Galatée avaient parlé du palais, il avait sa propre magie. C'était peut-être de là que venait Kryvo ?

— Est-ce qu'ils parlaient de toi ? me demanda l'étoile de mer.

— Oui.

— Corrige-moi si je me trompe, mais on dirait que tu es mariée au roi de l'océan.

— Oui.

— Alors pourquoi es-tu prisonnière ? Et pourquoi n'es-tu pas avec ton mari ?

Je pouffai au mot mari. Aussi succinctement que possible, je racontai à l'étoile de mer la prophétie, ce qui était arrivé à ma sœur, et mon mariage et mon bannissement ultérieurs.

— Alors pourquoi es-tu revenue au palais ?

Je marquai une pause avant de lui répondre. Si c'était un espion, je ne pouvais pas lui dire que j'étais ici pour voler le vaisseau de Poséidon afin d'atteindre un royaume fabuleux enfoui au fond de la mer où se trouvait peut-être le secret pour guérir Lily.

— Je voulais que Poséidon m'aide, mentis-je.

— Vu que tu es mariée avec lui, je pense qu'il *devrait* t'aider, déclara Kryvo avec indignation.

Je ne pus m'empêcher de sourire.

— Exactement.

— On dirait qu'être mariée avec toi ne lui donne pas ce cœur de l'océan. Es-tu vraiment la dernière des Néréides ?

Sa question piqua plus qu'il n'aurait pu l'imaginer. Je déglutis.

— Je pense que la prophétie parlait probablement de ma sœur. Pas moi.

Je ne pouvais pas lui avouer que je n'avais aucun pouvoir. Mais cet aperçu de la conversation entre Poséidon et Galatée avait confirmé tout ce que je soupçonnais. Je n'étais pas une Néréide. Ou si je l'étais, j'étais vraiment brisée.

CHAPITRE 15

Je pensais qu'il me faudrait beaucoup de temps pour m'endormir, mais je devais être plus épuisée que je ne le pensais car je sombrai dès que ma tête toucha les oreillers trop moelleux. Ce dont je fus reconnaissante lorsqu'un coup fort me réveilla quatre heures plus tard.

Je me hissai hors du lit, cherchant immédiatement Kryvo. Il était là où je l'avais laissé, sur son propre petit oreiller, sur la commode. Je me dirigeai vers la porte et l'entrouvris. Galatée se tenait de l'autre côté, les mains sur les hanches.

— Habille-toi, dit-elle.

Je la saluai, puis je claquai la porte.

— Bonjour à toi aussi, grognai-je en me dirigeant vers le placard et en espérant qu'il y aurait quelque chose de convenable à porter.

— Bonjour.

La voix couinante était celle de Kryvo, mais elle me fit tout de même sursauter.

— Salut.

J'ouvris les portes du placard et vis un assortiment de vêtements, de deux types distincts. Des trucs utilitaires noirs, blancs et marron, et des robes de bal. Je haussai un sourcil.

— Mieux vaut ne pas se présenter à la première Épreuve en robe de bal.

Choisissant un pantalon noir et une chemise blanche, je me dirigeai vers la salle de bain.

— Où allons-nous ? demanda Kryvo quand je ressortis propre et habillée.

— *Nous* n'allons nulle part. Je dois aller voir le début des Épreuves.

Et puis parler à Poséidon pensai-je, me rappelant sa conversation quand je l'avais espionné.

J'aurais menti si j'avais dit que je n'étais pas nerveuse de me retrouver en sa présence. Mais n'importe quelle information sur la maladie de la pierre, ou le fléau, comme il l'avait appelé, pouvait être importante.

Il devait être au courant, à propos de la fontaine de guérison, et ne l'avait pas utilisée, et cette pensée me rongeait, mais je n'étais pas disposée à la laisser m'envahir l'esprit. Principalement parce que, si je l'avais fait, je n'aurais plus eu de plan du tout, et je ne pouvais pas le supporter.

— Qu'est-ce que c'est, les Épreuves ?

— Une compétition mortelle pour voir lequel des quatre puissants concurrents est assez fort pour devenir la garde personnelle de Poséidon.

— Oh oui, cela ne semble pas approprié pour une étoile de mer de ma constitution, dit-il en ondulant des bras. Je resterai ici.

Je penchai la tête vers lui en attachant ma ceinture.

— Tu sais, en fait, tu pourrais être utile.

Il cessa de bouger.

— En quoi ?

— Si je t'emmène avec moi, tu pourras peut-être voir des choses que je ne vois pas. Ou entendre des choses que je n'entends pas.

— Non. Je pense que je devrais me cacher. Je veux dire, rester ici.

— Trop tard, mon pote. Tu viens avec moi. Je vais te vider une poche.

Il vira à l'orange vif.

— Je ne vais pas entrer dans une de ces poches. Si je dois t'accompagner, je resterai à l'air libre et je me cacherai en utilisant mes compétences supérieures.

— D'accord, dis-je en haussant les épaules.

Je marchai vers la commode et attachai mes cheveux avec mon écharpe.

— Où veux-tu aller ?

J'avais laissé ma chemise déboutonnée par-dessus mon haut et l'avais rentrée dans ma ceinture. Je retroussai mes manches et lui montrai mes avant-bras.

— Gauche ou droite ?

— Je ne me sentirai pas en sécurité sur tes membres fragiles.

Je fronçai les sourcils, mais il poursuivit.

— Je m'attacherai à ton col.

— Mon col ?

— Oui.

Je baissai les yeux vers ma poitrine. Il tiendrait entre mon épaule et ma clavicule, et pourrait quand même voir.

— D'accord.

Je le ramassai, ressentant à nouveau une agréable sensation de plénitude à son contact. Soigneusement, je le plaçai sur ma peau. Je sentis une petite pression quand il se colla à moi.

— Tu sais à quel point c'est bizarre, n'est-ce pas ?

— Non.

Je regardai dans le miroir alors qu'il ondulait, puis disparaissait.

— J'imagine qu'on est prêts à partir.

Je m'attendais presque à ce que Galatée regarde droit vers l'étoile de mer et me demande ce qu'elle faisait là, mais elle se contenta de m'adresser un coup d'œil superficiel quand j'ouvris la porte et repartis dans le couloir. Je me précipitai à sa suite.

— J'aime bien ta ceinture, dit-elle.

Je la regardai avec surprise.

— Oh. Merci. Je l'ai faite moi-même.

— Reste à l'écart de tout le monde, et Poséidon te verra après l'Épreuve.

Je me souvins que je devais avoir l'air de ne pas déjà connaitre les projets du dieu de la mer.

— Ah oui ?

— Oui.

Je suivis Galatée jusqu'à la sortie du palais, dans une grande cour qui s'étendait vers l'entrée fermée.

Je levai les yeux, toujours en admiration devant l'océan au-dessus de moi, après être restée si longtemps loin du Verseau. Un groupe de baleines passa au-dessus du dôme, leurs silhouettes sombres contre la lumière vive de la surface, et je souris. Nous nous frayâmes un chemin à travers un labyrinthe de haies et d'arbres finement taillés jusqu'à ce que des gens apparaissent, debout devant les portes.

Une rangée de gardes de Poséidon, tous avec des cheveux noirs ou blancs et du cuir bleu, se tenaient debout, armés de lances, à intervalles réguliers le long de l'entrée du palais. Devant eux se trouvaient les quatre concurrents présentés la veille. De chaque côté de la cour du jardin, il y avait les invités du bal, Hadès et Perséphone inclus. Encore une fois, je balayai du regard les visages à la recherche de Zeus et de Héra, ou d'Aphrodite, mais je ne pus les voir.

Une foule s'était rassemblée de l'autre côté des portes, applaudissant et hurlant – vraisemblablement des spectateurs du reste du Verseau et de l'Olympe.

Il y eut un éclair de lumière blanche, et Poséidon apparut. Il était habillé comme ses gardes, et il leva son trident en l'air alors que tout le monde le regardait.

— Bienvenue aux Épreuves de Poséidon, lança-t-il.

Je scrutai les quatre silhouettes, à la recherche de signes d'arrogance ou de nervosité. L'un d'eux remporterait ce concours. Tous n'y survivraient peut-être pas. Je ravalai le malaise que cette idée me faisait ressentir.

Me souvenant de ce que Poséidon et Galatée avaient dit pendant la conversation que je n'étais pas censée avoir entendue, je dévisageai encore plus attentivement les concurrents. La sirène était celle qui confirmait leurs soupçons à mes yeux – l'idée que quelque chose clochait chez eux. Il y avait bien quelque chose chez elle qui me mettait inexplicablement mal à l'aise.

— Nous allons commencer par un tour d'échauffement. Un petit test de vos capacités. Le vainqueur aura un avantage sur les trois autres, déclara Poséidon en marchant devant la file des concurrents.

Le beau mec à la fin s'avança, et Poséidon s'arrêta.

— Votre Majesté, dit l'homme en s'inclinant profondément.

Un frisson glacial souffla sur ma peau à sa voix. Ce n'était pas une voix normale. Elle possédait une puissance profonde et indubitable, bien qu'il n'ait pas parlé fort.

Presque imperceptiblement, Galatée dégaina son épée près de moi.

— Tu oses m'interrompre ? dit Poséidon en faisant face à l'homme.

— Mais je dois vous interrompre, répondit-il en se redressant.

Il avait un sourire sur son beau visage, et je vis quelque chose scintiller dans ses yeux.

— Je crains que vous n'ayez de fausses informations, mon roi.

Poséidon fit un pas de plus, la fureur dansant dans ses yeux. Le tonnerre grondait au loin.

— Explique-moi, grogna-t-il.

— Certainement. Je dois admettre une petite... supercherie.

Ses yeux brillèrent à nouveau, et soudain, il faisait à la même taille que Poséidon. Son armure de cuir sombre disparut, remplacée par des lanières argentées étincelantes qui ressemblaient à du métal liquide, serrées sur une musculature imposante. Sa peau changea de couleur, devenant presque d'un blanc albâtre, et ses cheveux poussèrent, devenant noir de jais alors qu'ils tombaient dans son dos.

Un emblème à la ceinture de son pantalon noir apparut dans un éclat de lumière. C'était un globe, composé d'anneaux interconnectés. Je hoquetai, comme tout le monde dans la foule. Cet emblème était célèbre. C'était l'emblème du Titan vaincu depuis longtemps, Atlas.

Poséidon grogna, et Hadès apparut à côté du dieu de l'océan dans un éclair de fumée noire.

Atlas gloussa.

— Ah, je vois qu'au moins un de tes frères est toujours à tes côtés.

— Où étais-tu ? dit Hadès. Nous t'avons présumé mort après la Titanomachie.

Des souvenirs de ma sœur en train de tout me raconter à propos de la guerre que Zeus et les Olympiens avaient menée contre les anciens Titans me traversèrent l'esprit.

— Vous avez présumé à tort. J'étais simplement endormi. Jusqu'à être réveillé par un dieu des plus inattendus.

Atlas regarda tour à tour Poséidon et Hadès.

— Votre frère capricieux.

— Mensonges ! Zeus ne réveillerait jamais un Titan, aboya Poséidon.

Mais Hadès avait l'air moins convaincu.

— Eh bien, il l'a fait. Et il m'a fait un cadeau. Le moyen idéal pour se venger du seul dieu que je méprise de toutes les fibres de mon être immortel.

Ses yeux brillèrent à nouveau, rivés dans ceux de Poséidon.

— Zeus avait sa belle épouse, Héra, avec lui. Vous connaissez les pouvoirs de Héra sur le mariage, n'est-ce pas ?

Poséidon se figea.

— Bien sûr, dit Hadès.

— Il est temps de payer pour tes péchés, Poséidon, déclara Atlas en s'approchant du dieu de la mer. Tu as tué ma femme. Et maintenant, je te rendrai la pareille.

CHAPITRE 16

Galatée se planta devant moi au même moment où les yeux de Poséidon se dirigeaient vers moi.

Atlas rugit de triomphe, et soudain je fus soulevée de terre et volai dans les airs. Je réprimai un cri en m'arrêtant bien au-dessus de la foule en contrebas.

— Tu en as contre moi, pas contre elle ! rugit Poséidon. Laisse-la partir !

Mon cœur s'écrasait contre ma poitrine, et de la sueur perlait de chaque maudite cellule de mon corps alors que je me débattais dans les airs. *Qu'est-ce qui se passait, bordel ?*

— tu veux la sauver ?

Je battais des jambes et luttais alors que je flottais en direction de la limite du dôme doré. Mon esprit paniqué bafouilla lorsque je vis ce qu'il y avait au-delà.

Six sang-pourris, alignés, leurs yeux d'onyx fixés sur moi.

— Laisse-la partir !

— Je veux le contrôle des Épreuves. Et la récompense n'est plus de faire partie de ta pitoyable armée. Le prix est ton trident. Ton royaume. Ta couronne.

De la bile me monta dans la gorge alors que je me rapprochais du bord du dôme, la peur me glaçant la peau. J'avais vaguement conscience d'une douleur à mon épaule et du léger couinement de la voix de Kryvo, mais mon sang battait trop fort dans mes oreilles pour que je puisse me concentrer.

Les seuls mots qui filtraient étaient ceux des dieux en dessous de moi.

J'étais sur le point de mourir.

Il n'y avait pas moyen que Poséidon renonce à son trident, à son royaume et à sa couronne pour me sauver.

— Puis-je concourir ?

La voix de Poséidon était comme du granit, et je fus tellement choquée que mes membres cessèrent de s'agiter. Je tendis le cou, regardant vers le bas.

— Bien sûr. Il serait juste de te donner une chance de te défendre.

La voix d'Atlas était moqueuse, comme si Poséidon n'avait aucune chance.

— Je vais le faire.

J'aurais pu jurer que mon cœur s'arrêta pendant une fraction de seconde, puis je dégringolai dans l'air en direction du sol en marbre. Il y a eu un éclair blanc, une forte odeur océanique, et puis je me retrouvai sur les fesses aux pieds de Galatée. La fureur barrait chaque centimètre de son visage, mais je la voyais à peine. Mes yeux se retournèrent directement vers Poséidon.

— Excellent, rayonna Atlas en se frottant les mains. Laisse-moi te présenter tes concurrents.

Il fit un geste vers les trois autres candidats, et avec un fort craquement et un scintillement, la femme se transforma sous mes yeux.

Je sautai sur mes pieds, me sentant malade et étourdie, tout en essayant de donner un sens à ce qui se passait.

Elle ne ressemblait en rien à ce qu'elle avait il y a quelques secondes.

Mesurant environ six pieds de haut, elle portait une robe noire d'une coupe similaire à celle que j'avais refusée en raison de mon manque de courbes. Cette femme n'avait pas de tels problèmes. Elle était magnifique dedans, le tissu s'évasant sous ses hanches et seins voluptueux, sa peau sombre luisante. Mais ce n'était pas ce qui la caractérisait le plus. Ses cheveux étaient faits d'eau. Je pouvais voir au travers, et ça bougeait quand elle restait immobile, tour-billonnant autour de son visage parfait, ses yeux bleus glacés semblant briller de la même teinte.

— Kalypso, déesse titan de l'eau, tonna Atlas en la désignant.

Mon estomac se noua. Kalypso ? Ma sœur m'avait raconté des histoires sur la légendaire Titan aquatique. À les en croire, alors elle était aussi impitoyable que puis-sante. En regardant ses yeux froids, j'étais encline à le croire.

Les dalles de marbre grondèrent sous mes pieds, puis l'homme à ses côtés scintilla et se transforma.

— Polybotès, progéniture géante de Gaïa elle-même, sourit Atlas.

Deux fois plus haut que Kalypso et bâti comme un chêne, le géant trépignait, faisant à nouveau gronder les tuiles. Son visage semblait avoir reçu des coups dans le passé et le présent, mais ses yeux bleu vif étaient alertes. Et en colère.

Le scintillement recommença, et la sirène commença sa métamorphose.

Je retins mon souffle. Une peur primale me donna envie de tourner les talons et prendre mes jambes à mon cou, de fuir très *loin* de la créature la plus terrifiante que j'aie jamais vue.

Elle avait le torse d'une femme musclée, mais la moitié inférieure d'une pieuvre. Des tentacules glissèrent sur les dalles de la cour, couvertes non pas de ventouses mais de barbes épineuses. Elle était d'une couleur rouge foncé, avec des volutes plus sombres et du noir ondulant constamment sur la surface de sa peau, donnant l'impression qu'elle était couverte de liquide. Ses yeux étaient comme ceux d'un requin, d'un noir d'onyx et fixes, et elle n'avait pas de cheveux sur sa tête squelettique.

— Céto, déesse des monstres marins.

Putain de merde. Les enfants de tout l'Olympe faisaient des cauchemars à propos de cette déesse. Merde, leurs parents aussi ! Presque toutes les créatures mortelles de l'océan auraient pu l'appeler leur créatrice.

— Et bien sûr, pour ceux qui ne la connaissent pas déjà, notre dernière concurrente, Almi ! La dernière des Néréides et la femme de Poséidon !

Mon cœur s'emballa dans ma poitrine, et une nouvelle vague de vertiges me coupa le souffle alors que tous les yeux de la cour se posaient sur moi.

Tous les yeux, sauf ceux de Poséidon. En un instant, il se jeta à la gorge d'Atlas, les doigts enroulés autour de son cou.

— Nous venons de conclure un accord, gronda-t-il.

— Oui. J'ai accepté de ne pas la donner à manger aux sangs-pourris. Je n'ai jamais rien dit d'autre.

Les yeux d'Atlas étaient aussi durs que ceux du dieu de la mer.

— J'ai pensé à la femme que tu m'as arrachée chaque jour pendant des siècles. Tu vas payer, Poséidon. Tu ressentiras la douleur que j'ai endurée.

Poséidon montra les dents et leva son trident. Mais c'était comme si sa main s'était enlisée dans la boue. Il regarda son bras avec confusion, puis le trident flotta dans les airs. Il lâcha Atlas, tendant la main vers son arme, mais celle-ci jaillit brusquement hors de sa portée.

Atlas rit à nouveau.

— Le trophée ! cria-t-il en indiquant le trident et en faisant face à la rangée de dieux et de monstres affamés et mortels. Le contrôle de tout ce que possède Poséidon. À vous de prendre.

CHAPITRE 17

— *R*endez-vous dans une heure pour savoir lequel d'entre vous aura l'avantage.

Il y eut un éclair de lumière et Atlas disparut, avec le trident.

Poséidon poussa un rugissement de rage, tapa du pied et se retourna pour faire face aux concurrents.

— Vous osez me défier pour me prendre le royaume que j'ai gagné dans le sang ?

Kalypso haussa les épaules en s'avançant.

— Le sang ne signifie rien sur l'Olympe, Poséidon. Si tu penses que le royaume devrait t'appartenir, tu peux le gagner. Prouve que tu es assez fort.

Elle inclina le menton, repoussa ses cheveux d'eau par-dessus son épaule, puis le dépassa à grands pas, retournant vers le palais.

Polybotès montra les dents avant de parler, sa voix inconfortablement profonde.

— Elle a raison, Poséidon. Toi et moi avons une histoire, et j'ai l'intention d'assister à ta chute.

Il abattit son poing dans sa paume ouverte, puis partit à la suite de Kalypso.

— Et toi ? Après tout ce que je t'ai accordé, à toi et à ton frère, et après m'avoir servi loyalement pendant des siècles ? dit le dieu de l'océan en se tournant vers Céto.

— Tu t'attendais à ce que nous renoncions à l'opportunité de gouverner ?

Sa voix était un sifflement affreux, qui me fit tressaillir.

— J'ai autant le droit de concourir que les autres, déclara-t-elle. Et, puissant roi, j'ai autant de chance que de gagner.

Sans un mot de plus, elle se fondit dans l'air, laissant un nuage sombre dans son sillage.

À côté de moi, Galatée bougea, et je lui attrapai le bras.

— Qu'est-ce qui se passe ?

Elle me lancé un regard noir.

— Tu es sur le point d'affronter Poséidon, un Titan, un géant et un monstre marin pour le contrôle du Verseau.

— Pourquoi Poséidon a-t-il accepté cela ?

Ma voix était un murmure.

Avant qu'elle ne puisse répondre, la voix de Poséidon retentit fort, nous faisant nous retourner toutes les deux.

— Citoyens de l'Olympe ! Il semble que vous aurez un meilleur spectacle que prévu. Ne craignez rien. Je chasserai ces adversaires indignes dans les profondeurs et au-delà. Atlas et ses champions ne seront pas une menace pour Verseau.

La foule rassemblée rugit lorsque Poséidon leva les poings, ses yeux féroces animés de passion.

— Je sortirai des Épreuves de Poséidon en tant que souverain incontesté des océans.

Il y avait davantage d'acclamations.

— On se voit dans une heure !

Il frappa dans ses mains, et tout devint blanc.

Lorsque la lumière s'éteignit, je me retrouvai dans sa salle du trône. Et pas seule. Galatée se tenait toujours à côté de moi, mais Hadès, Perséphone, Athéna et Apollon étaient tous en cercle autour du trône.

— Mon frère, comment Atlas est-il entré dans ton palais ? demanda immédiatement Hadès.

— Zeus a dû l'aider, rétorqua Poséidon.

Il n'était pas assis sur le trône, mais faisait les cent pas devant.

— Si Zeus se lie d'amitié avec les Titans, cela doit nous inquiéter.

Apollon hocha la tête, et Athéna parla doucement.

— On dirait qu'il a enfin converti Héra à sa façon de penser.

— Elle ne pouvait pas combattre son mari éternellement, déclara Hadès fermement.

J'essayais de suivre ce qu'ils disaient, mais mon esprit s'emballait, sous le flot combiné d'informations et d'émotions.

Il semblait que Zeus n'était plus du même côté que les autres Olympiens, mais, en cet instant, c'était tellement loin sur ma liste de choses à craindre que je m'en fichais. Je voulais juste que les autres dieux s'en aillent, pour pouvoir parler à Poséidon.

Perséphone me jeta un coup d'œil, puis parla.

— Nous ne savions pas que tu étais mariée, Poséidon.

Tout le monde, sauf le dieu de la mer, me regarda.

— Non, fut tout ce qu'il dit.

Perséphone toussa.

— Qu'as-tu fait à la femme d'Atlas qui l'ait poussé à chercher cette vengeance ?

Je me concentrai sur le visage de Poséidon, désespéré de connaître aussi la réponse à cette question. Mais ses yeux étaient froids et sa bouche serrée.

— Cela me regarde.

— Mon frère, ça pourrait aider..., commença Hadès.

Mais Poséidon le coupa.

— Je n'aurai pas l'air faible et je ne me plierai pas aux ordres d'un connard comme Atlas. Je vais battre les autres.

— Et Almi ?

La voix de Perséphone était plus dure, maintenant.

— Pardonne-moi, dit-elle en se tournant vers moi. Je ne sais rien à propos des Néréides, mais es-tu assez puissante pour rivaliser avec des dieux aussi forts que ceux qui participent à ces Épreuves ?

J'eus l'impression que ma peau se tendait sur mes os, et mes oreilles se mirent à bourdonner bruyamment.

Non, eus-je envie de crier. *Non. Je vais mourir dans cinq putains de secondes, top chrono.*

Sans doute était-il moins dangereux pour moi que d'autres connaissent mon secret plutôt que de continuer à faire semblant ?

J'ouvris la bouche pour avouer que ce n'était pas le cas, mais Poséidon parla le premier.

— Elle survivra.

Perséphone fronça les sourcils.

— Mais elle ne gagnera pas ?

— Je gagnerai ! s'exclama-t-il en se frappant le torse.

J'écarquillai les yeux.

La pierre était de retour.

Elle s'étendait sur sa figure, et le long de son épaule et de son bras. Mes entrailles se tortillèrent de peur et de doute.

Poséidon était malade. Personne d'autre ne le savait, mais il était malade.

Et s'il ne pouvait pas gagner ?

Même si je le détestais, méritait-il vraiment de perdre son trident et son royaume ?

Et si ce monstre terrifiant, Céto, gagnait ? Ou la cruelle Kalypso ?

Athéna reprit la parole.

— Tu as été défié en public et tu as accepté. Je crois qu'il n'y a rien d'autre à faire maintenant que d'aller jusqu'au bout.

Hadès grogna, et la température monta dans la salle du trône.

— Cela fait partie du plan de Zeus. Il utilise Atlas. Nous ne devrions pas le laisser faire.

— C'est précisément pour cette raison qu'il *faudrait* le laisser faire. Pendant trop longtemps, le roi des dieux est resté silencieux. Il est temps qu'il avance ses pions.

— Et tu laisserais Poséidon prendre ce risque ?

— Si nous soutenons Atlas au lieu de le combattre, il devrait être possible pour nous d'exercer un certain contrôle sur les événements. Si les Olympiens qui soutiennent les Épreuves, il y aura moins de risques de tricherie et d'anarchie.

— Je suis prêt, déclara Poséidon.

Il se redressa, et la pierre se répandit sur sa hanche, hors de vue sous son pantalon. Comment les autres dieux pouvaient-ils ne pas le voir ?

Hadès se pencha en avant, lui serrant le bras.

— Gagne, mon frère. Le Verseau t'appartient de plein droit et ne peut appartenir à personne d'autre.

— Que fera Atlas si Poséidon gagne ? demanda Apollon.

— Avec un peu de chance, il appellera Zeus, répondit Athéna. Et alors, nous aurons une chance de raisonner notre roi capricieux. Adieu.

Elle adressa un signe de tête aux autres dieux, à tour de rôle.

— Gagne, Poséidon. Ou un grand danger pourrait s'abattre sur tout l'Olympe.

Puis elle disparut.

— Pas de pression, sourit Apollon.

Puis lui aussi disparut.

— Bonne chance mon frère, dit Hadès en lui adressant un hochement de tête.

Perséphone me regarda.

— Si tu as besoin de quoi que ce soit, fais-le moi savoir, dit-elle.

Puis hocha la tête à l'adresse de Poséidon, avant qu'ils ne partent tous les deux dans un éclair blanc.

— Sire, dit Galatée. Que… ?

— S'il te plaît, laisse-nous.

Elle se figea. Après une longue pause douloureuse, elle dit :

— Oui, sire.

Et elle se détourna pour quitter la pièce.

Mon corps était si tendu que mes muscles tremblaient lorsque Poséidon se tourna lentement pour me faire face. Il riva ses yeux dans les miens.

— Pourquoi avez-vous fait ça ? lâchai-je.

— Tu dois rester hors de mon chemin. Contente-toi de survivre et laisse-moi m'occuper du reste, dit-il, sa voix plus calme que ses yeux sauvages.

— Pourquoi avez-vous renoncé à trident pour me sauver ?

— Tu aurais préféré que je te laisse nourrir les requins ?

Son être brilla de puissance, et une vague de faiblesse me submergea. Ses yeux s'adoucirent instantanément.

— Tu dois t'asseoir.

Un bruit de grattement retentit derrière moi, et je vis qu'une chaise avait surgi de nulle part. J'envisageai de protester, mais mes genoux flageolants eurent raison de moi. Je m'effondrai, laissant tomber mon poids sur les coussins.

Passant ma main sur mon visage, j'essayai à nouveau :

— Pourquoi avez-vous renoncé à votre trident pour empêcher Atlas de me tuer ?

Poséidon se rapprocha, son parfum emplissant mes narines. Il était l'océan personnifié – frais, lumineux et puissant. Il ouvrit la bouche, l'indécision brillant dans ses yeux. Mais il la referma brusquement et tendit le bras.

— Tu vois ça ?

— La pierre, répondis-je.

Le granit gris bougeait à ses mouvements.

— Même les Olympiens ne peuvent pas la voir. Pourtant, tu peux.

— C'est pour ça que vous m'avez sauvée ?

— Entre autres raisons, grogna-t-il. Quand les Épreuves seront terminées, il faudra régler ça.

Je levai la main.

— Attendez. Tout d'abord, que pensez-vous que je puisse faire de plus que vous, un dieu olympien ?

La peur me serrait les tripes à ses aveux qu'il ne pouvait pas régler ça lui-même. C'était vraiment une mauvaise nouvelle.

— C'est ce que j'ai l'intention de découvrir.

Je laissai échapper un long soupir.

— D'accord. Deuxièmement, pourquoi attendons-nous la fin des Épreuves pour régler le problème ? Est-ce que ça ne va pas…

Je cherchai comment formuler ma question sans le mettre en colère.

— … vous ralentir un peu ?

Son expression devint orageuse, et il retira son bras.

— Non. *Tu* me ralentiras, dit-il sèchement.

Je me reculai en croisant les bras.

— Je n'ai rien demandé de toute cette merde.

— Tu es revenue ! Si tu étais restée à l'écart, là où je t'avais laissée…

— Alors ma sœur serait morte seule ! lui criai-je.

Il s'approcha encore plus de moi, son humeur visiblement sur un fil.

— Ta sœur n'est pas la chose la plus importante sur l'Olympe.

— Si, à mes yeux, répondis-je en pointant mon pouce vers la poitrine.

Une lueur passa dans ses yeux – quelque chose qui n'était pas son sombre tempérament.

Il prit une longue inspiration, et une brise fraîche venue de nulle part me balaya la peau.

— Tu tiens à peine debout. Ce n'est pas propice à la survie.

Je clignais des yeux au changement rapide de sujet.

— Tu es mal nourrie.

— Et à qui la faute ?

Il tapa des mains. Quand il les écarta, il tenait une fiole.

— Bois ça. Cela te donnera assez d'énergie pour rester hors de mon chemin et me laisser gagner ça.

— Je suppose que le fait de renoncer à votre trident ne vous a pas fait perdre de votre charme, marmonnai-je en lui prenant la fiole magique.

— Si.

Je haussai les sourcils, tout en reniflant le liquide dans le flacon. Ça sentait la fumée et le sel.

— Vous n'avez jamais eu de charme, c'est ça ?

— Le trident est mon lien avec les créatures de l'océan. C'est comme ça que je les charme.

La colère avait disparu de sa voix, et une tristesse crispée l'avait remplacée.

Je le regardai, tandis que lui regardait le plafond, ses yeux parcourant toute la vie marine qui y était représentée.

— Alors… Vous ne pouvez plus contrôler les animaux marins ?

Il secoua la tête, des mèches de ses cheveux blancs effleurant sa mâchoire dure.

— Je ne peux même pas communiquer avec eux, encore moins les contrôler.

— Est-ce que cela inclut les monstres marins ?

— Oui.

— Merde.

Il me regarda, les yeux brillants et sauvages.

— Je suis d'accord.

— Hum. C'est bien qu'on soit d'accord sur quelque chose.

— Bois, dit-il.

Je le fis. Le liquide avait un goût incroyable, comme un thé fumé et riche. La chaleur inonda mon corps, et je sentis mes muscles se contracter. La fatigue se dissipa, et même mon esprit sembla plus alerte.

— C'est bon, marmonnai-je. Merci.

— Ne meurs pas, c'est tout, dit-il d'un air renfrogné.

— Je ne comprends toujours pas pourquoi vous vous souciez autant de ma vie.

— Je te l'ai dit, à plusieurs reprises. J'ai besoin de posséder ton cœur, comme la prophétie l'a prédit, et j'ai besoin de savoir si tu as un lien avec ce putain de maudit fléau.

Je me retins de souligner que ça ne lui apportait rien de posséder mon cœur. Je le savais uniquement parce que j'avais espionné sa conversation avec Galatée, et je n'avais aucune intention de l'avouer.

— Qu'est-ce que c'est, le cœur de l'océan ?

— Arrête de poser des questions idiotes et pars.

— Non. J'ai tellement d'autres questions.

— Je m'en fiche. Galatée !

Il rugit le nom de sa générale, et elle franchit les portes de la salle du trône en quelques secondes.

— Sire.

— Escorte Almi jusqu'à sa chambre.

Elle eut l'air énervé, mais elle hocha la tête.

Je ne pris pas la peine de discuter. Il était clair que Poséidon avait fini de parler, et en plus, j'avais bien besoin de rester seule quelques instants. J'avais beaucoup d'informations à traiter, et ça pourrait faire froncer les sourcils si j'en parlais avec ma sœur imaginaire en public.

— Je ne savais pas que cela allait arriver, dis-je en suivant Galatée dans les couloirs du palais.

Même son dos semblait en colère.

Elle ne me répondit pas.

— Honnêtement, je ne savais rien à propos d'Atlas, ni même de Zeus, j'ai été absente pendant si longtemps.

Toujours pas de réponse.

— Que s'est-il passé entre Zeus, Hadès et Poséidon ? demandai-je avec espoir.

— Ils se sont éloignés. L'Olympe en paie le prix, cracha-t-elle.

— Oh ?

— Hadès et Perséphone, puis Arès et Bella... Maintenant Poséidon.

Elle secoua la tête, puis me regarda par-dessus son épaule.

— Je ne suis pas sûre de te faire confiance.

Bizarrement, j'appréciai son honnêteté. Et franchement, elle *ne devait pas* me faire confiance.

— Je ne savais pas que cela arriverait, répétai-je. Je n'ai pas demandé à Poséidon de renoncer à son trident.

Elle me fixa un peu plus longtemps, puis se retourna.

— Le palais aurait dû garder les ennemis à distance. *Quelqu'un* a laissé entrer Atlas.

Je ne pus m'empêcher de pouffer.

— Et vous pensez que c'était moi ?

Ce n'était pas comme si je pouvais lui dire que je n'avais pas de magie, mais l'idée était tout de même absurde.

— Tu t'attends à ce que je me dise que c'est une coïncidence, si ton retour et cette mutinerie se sont produits à deux maudits jours d'intervalle ?

— C'est une coïncidence, sifflai-je. Atlas est en train de planter vos Épreuves, et ce n'est pas moi qui ai fixé les dates de la compétition... c'était votre roi. Comment le palais est-il censé empêcher les ennemis d'entrer ? Il est vivant ? demandai-je en pensant à Kryvo qui avait pris vie sur le miroir.

Je savais qu'il était toujours caché sur mon épaule, parce que je pouvais sentir sa présence quand je bougeais. J'espérais qu'il allait bien.

— Je ne te dis rien que tu puisses utiliser contre le roi.

Je soupirai.

— D'accord.

Nous arrivâmes à ma chambre, et elle ouvrit la porte avec un peu trop de force.

— Vous m'enfermez encore ?

— À ton avis ?

CHAPITRE 18

J'allai tout de suite à la commode lorsque la porte se referma derrière moi, m'asseyant sur le tabouret.

— Ça va, Kryvo ?

Avec une lenteur alarmante, la petite étoile de mer redevint rouge et visible. Je tendis la main vers ma poitrine, et il se fraya un chemin de ma clavicule jusqu'à ma paume.

— Ça ne m'a pas aidé de me cacher, dit-il à voix basse.

— Bien sûr que si. Personne ne t'a vu, dis-je avec une gaieté très fausse dans la voix.

— Si on t'avait donnée à manger aux sangs-pourris, ils m'auraient mangé aussi.

— Tu aurais pu te détacher et nager sans te faire voir dans l'océan ? suggérai-je.

Il s'interrompit au milieu de son mouvement lent vers ma main.

— C'est une possibilité.

— Bien.

— Est-ce que ça va ?

Sa question me prit par surprise.

— Oh. Euh, non, pas vraiment.

— Je ne te le reproche pas, répondit-il. Tu dois affronter un Titan, un géant, une ancienne déesse de la mer monstrueuse et Poséidon lui-même dans une série d'épreuves mortelles. Puis-je te donner quelques conseils ?

— Je crois deviner ce que ce sera.

— Tu devrais te cacher.

Je hochai la tête.

— Même si j'aimerais bien, je ne suis pas sûr qu'Atlas me laisse le choix. On dirait que je suis la clé de sa vengeance, dis-je en grimaçant. Pourquoi ce putain d'Oracle ne pouvait pas choisir une autre espèce de nymphe marine ? Pourquoi diable j'ai dû me marier avec ce con ?

— Tu veux qu'il perde les Épreuves ?

Kryvo était arrivé au creux de ma main, alors je le baissai vers la commode.

— Je ne sais pas. Je n'ai pas pensé à ça, pour être honnête.

— Il est évident que tu le détestes. S'il perdait son trident et le Verseau, ce serait une punition appropriée pour quelqu'un qui vous a si mal traitées, toi et ta famille.

Je penchai la tête, réfléchissant.

— Lily ? Qu'est-ce que tu penses ?

Son image apparut dans mon esprit. *Le Verseau appartient à Poséidon. Il ne devrait pas en être autrement. Lui et ses frères sont le noyau autour duquel Olympus est construit.*

— Mais il est misérable, et méchant, et égoïste et, eh bien… un connard, en fait.

C'est un souverain juste.

— Juste ? Qu'est-ce qui est juste, dans ce qu'il nous a fait ?

Il nous a séparées, mais il ne nous a jamais fait de mal. Beaucoup de dieux auraient fait bien pire.

Je poussai un grognement de colère. Mais quand je laissai cette pensée tourner un peu plus longtemps dans ma tête, je commençai à me demander si elle avait raison.

Pas à propos du fait que Poséidon n'était pas un connard – il n'y avait *pas* à en discuter. Mais à propos du fait qu'il était un bon souverain pour le Verseau. Il y avait quelque chose d'inquiétant chez Atlas. Je réalisai que j'avais supposé que celui qui gagnerait régnerait à ses côtés, mais ce n'est peut-être pas le cas. Je pris note mentalement de chercher à savoir pourquoi Atlas ne concourait pas lui-même et je considérai les autres. Kalypso était forte et puissante. Elle ferait peut-être une bonne souverain. Mais les histoires à son sujet évoquaient toutes un être sans pitié et au tempérament explosif. Polybotès le géant m'était inconnu, je ne pouvais donc pas deviner ce qu'il ferait en tant que dirigeant. Mais Céto … La déesse des monstres marins et son frère, Phorkys le dieu des profondeurs, avaient créé la plupart des pires monstres de l'océan. Le seul fait de les voir me faisait peur. Je ne voulais pas penser à ce qu'ils feraient du Verseau s'ils régnaient.

— Kalypso est très puissante, déclara Kryvo, me prenant par surprise.

— Tu la connais ?

— Non. Mais il y a des peintures dans le palais qui racontent des histoires. Là où il y a des statues, je peux les voir. Je vais te montrer.

Je retournai vers la commode et le soulevai, le reposant soigneusement sur ma clavicule.

— Tu es à ton aise, ici ? lui demandai-je.

— Aussi à l'aise que possible. Mais je ne suis pas certain que ce soit si bien d'avoir une bonne vue, compte tenu de ce que tu vas affronter.

— Ne m'en parle pas.

Plus je pensais à ce que j'allais vraiment devoir faire, plus j'avais envie de vomir. Affrontez des dieux dans des épreuves mortelles. De quoi s'agirait-il ? Je me souvins de ce que Silos m'avait dit, à propos des personnes décédées lors des derniers Épreuves, et des images de cages sous-marines et d'énormes monstres marins méchants flottèrent dans mon esprit. Mon estomac se retourna et s'écrasa, faisant apparemment tout son possible pour me déstabiliser encore plus.

— Prêt ? dit Kryvo.

— Ouais.

Ses petits dards s'attachèrent à ma peau, provoquant une sensation aiguë qui s'estompa rapidement, puis la vision m'est venue.

Comme la dernière fois, je regardais depuis ce que je supposai être une statue du palais. Mais au lieu de voir la salle du trône de Poséidon, cette fois, je contemplais une fresque sur un mur. Toute peinte dans différentes teintes de bleu, à l'exception des reflets dorés, la peinture était à couper le souffle.

Elle montrait Kalypso combattant Zeus. Elle semblait furieuse, ses cheveux aqueux tourbillonnant d'une fureur assortie à ses yeux, tandis qu'elle levait les bras, et que des vagues de marée se dressaient derrière elle en réponse. Zeus était au-dessus d'elle, des nuages tourbillonnant autour de lui, son regard électrique et des éclairs jaillissant du bout de ses doigts pour transpercer les défenses de Kalypso.

La vision s'estompa, et je laissai échapper un long soupir.

— Je ne crois pas que les autres Olympiens laisseraient quelque chose d'aussi grave se produire, dis-je avec un faux espoir dans la voix. Alors ne nous inquiétons pas à propos de ça. J'ai juste besoin de me concentrer pour rester en vie.

Je me levai et commençai à fouiller dans mes sacoches. J'en sortis ma racine d'eau et rechargeai ma réserve en haut d'une pochette, afin de pouvoir y accéder plus rapidement si j'en avais besoin.

Le flacon que j'avais bu avait, en effet, restauré mon énergie, et tous mes problèmes de membres fatigués et tremblants avaient disparu. J'étais sûre de pouvoir nager pendant quinze ou vingt minutes.

— Ce n'est pas une vraie Épreuve, me dis-je en vérifiant pour la centième fois que j'avais mes petites grenades.

Exactement. Juste un test, selon Poséidon. Un test que tu réussiras, dit Lily dans ma tête.

— Juste un test. Ça ira.

Je me sentais mal.

Une voix masculine résonna dans ma tête, me faisant crier de surprise.

— Soyez prêts dans une minute.

C'était la voix d'Atlas, et il semblait à peine capable de contenir sa joie. Je me précipitai vers ma ceinture, l'attachant fermement autour de moi, alors que mon pouls accélérait l'allure de quelques crans.

— Tu restes là, ou tu veux attendre ici sur la commode ? demandai-je à Kryvo, en priant secrètement qu'il vienne avec moi.

Je ne savais pas s'il pouvait m'aider de quelque manière que ce soit, mais l'appréhension faisait couler de la sueur froide entre mes omoplates, et l'idée de ne pas être complètement seule était attirante.

Il marqua une pause avant de répondre.

— Tu es sûre que tu ne peux pas te cacher ?

— Assez sûre.

— Alors je suppose qu'il faudra que je vienne avec toi.

— Merci, Kryvo.

J'avais à peine prononcé les mots quand le monde devint blanc.

CHAPITRE 19

Je me retrouvai dans un dôme doré sous la mer, dominé par une seule structure. Une arène.

De forme ovale, elle me rappela un colisée, mais au milieu, là où on trouvait généralement du sable ou une scène, il y avait un temple. Sauf que… ce n'était pas du tout un temple. Des colonnes de style grec se dressaient à chaque coin, et il y avait un toit triangulaire au-dessus, mais les côtés étaient en verre transparent, rappelant un aquarium géant.

Je plissai les yeux pour m'assurer que je voyais correctement.

C'était le cas.

Ce truc était rempli d'eau. Une grande grotte rocheuse s'élevait d'un côté du réservoir, son entrée inclinée vers le plan d'eau principal. De petits poissons noirs et blancs nageaient entre les hautes herbes qui ondulaient, mais la verdure était clairsemée, et peut-être seulement là pour la décoration. Kryvo n'aimerait pas ça, pensai-je en fixant du regard. Il n'y avait nulle part où se cacher, sauf la grotte. Et j'eus la nette impression que c'était le dernier endroit où quelqu'un aurait voulu aller.

Des rangées de bancs bordaient les côtés de l'arène, et le réservoir-temple était si énorme qu'il ne devait pas y avoir la moindre mauvaise place assise où l'on n'aurait pas une bonne vue de ce qui se passait à l'intérieur. Et bon sang, il y avait beaucoup de gens qui regardaient... Les gradins étaient bondés de spectateurs. Des centaines et des centaines de citoyens olympiens, tous à pousser des acclamations et agiter des bannières, étaient venus au spectacle.

Je me tenais au premier rang, qui semblait avoir été réservé aux dieux et aux concurrents.

— Bonjour, Olympe ! rugit la voix d'Atlas. À votre tour de voir vos champions !

Je vis jaillir une lumière brillante en face de moi de l'autre côté du stade, comme un faisceau laser. Illuminée, Kalypso fit un signe de la main. Sa robe noire avait disparu, remplacée par une tenue de combat serrée, en cuir noir.

Un autre faisceau de lumière jaillit à sa droite, éclairant Polybotès. Je regardai la lumière faire le tour du stade pour éclairant Céto, Poséidon, puis moi-même.

Poséidon semblait aussi colérique qu'à son habitude, des armes attachées au torse et aux hanches, et une armure dorée sur ses épaules. Je ne pus m'empêcher de penser qu'il était bizarre sans son trident. Mais la foule rugit pour lui – une acclamation beaucoup plus forte que pour n'importe lequel des autres concurrents. Moi incluse. J'avais à peine reçu de petits applaudissements.

— C'est un jeu pour gagner un avantage dans les Épreuves. Un échauffement, si vous voulez, tonna la voix d'Atlas.

Je le cherchai du regard, mais je ne vis aucun signe du Titan. Les dieux de l'Olympe, à l'exception de Zeus, de Héra et d'Aphrodite, étaient assis dans une loge à ma gauche, à regarder comme s'ils assistaient à un spectacle de gladiateurs.

— Laissez-moi vous en dire plus sur la première Épreuve.

Une flamme féroce et d'un blanc éclatant, de la taille d'un bâtiment, jaillit du toit triangulaire du réservoir. Alors qu'elle s'éteignait, une image apparut dans son feu. C'était un coquillage. Une coquille de nautile, aux courbes géométriques comme celle tatouée sur ma poitrine.

— Le concurrent qui en aura le plus à la fin remportera les Épreuves de Poséidon. La première Épreuve sera une course.

L'image changea, et un navire aux voiles dorées étincelantes apparut.

— Pour gagner à la fois votre navire et vos positions de départ dans la course, chacun d'entre vous devra désormais affronter une créature marine mortelle. Plus vous mettrez du temps à récupérer le pavillon du navire dans l'antre du monstre, plus vous attendrez longtemps avant de vous élancer dans la course.

Je déglutis.

Je ne pouvais pas vaincre une créature marine mortelle.

Je n'avais pas d'armes, pas de vitesse, pas de magie.

— Merde. Merde. Putain de merde.

Les sueurs froides étaient de retour, et je me dandinai sur mes pieds, cherchant un plan.

— Des idées, Kryvo ? sifflai-je.

— Cache-toi ?

Je serrai les dents. Il était peut-être de bonne compagnie, mais la petite étoile de mer n'allait pas être utile dans un combat.

La voix d'Atlas retentit à nouveau.

— Tout d'abord, Kalypso !

Il y a eu un flash de lumière, puis Kalypso se retrouva

dans le réservoir. Elle n'avait même pas besoin de donner des coups de pieds pour faire du surplace, son corps flottait simplement dans le liquide comme s'il n'y avait rien de plus naturel.

Je me serais attendue à ce que ses cheveux disparaissent une fois sous l'eau, étant donné qu'ils étaient eux-mêmes constitués d'eau. Mais ils ne disparurent pas du tout. Au lieu de cela, ils devinrent d'un violet brillant, tourbillonnant autour de son visage, tout comme de vrais cheveux.

— Elle affrontera une pieuvre géante !

L'eau bouillonna en face d'elle, puis scintilla. Une pieuvre géante apparut, avec de longs tentacules musclés qui fouettaient et brassaient l'eau autour d'elle. De méchantes griffes acérées comme des poignards sortaient de ses ventouses, et ses yeux étaient des orbes rouges impitoyables. Je remarquai qu'un tentacule avait une ventouse de forme étrange à son extrémité, avec une tache rouge vif, mais ensuite la créature attaqua, et toute mon attention se portée sur Kalypso.

Elle esquiva facilement le premier coup, se déplaçant dans l'eau comme par magie, sans se débattre ni donner de coups de pied du tout. Elle plongea et se baissa sous chaque coup fouettant des tentacules mortels, se glissant sous le monstre et se rapprochant de l'entrée de la grotte.

Dans le sable au fond du réservoir, juste sous la pieuvre, se trouvait un drapeau vert brillant qui ondulait doucement dans le courant. Quand Kalypso l'atteignit, la pieuvre émit un cri strident, agitant vers elle le tentacule à l'extrémité brillante. Elle leva la main, et je vis qu'elle tenait une lance courte. Ignorant le drapeau vert, elle en donna un coup à la pieuvre au-dessus d'elle. Elle toucha directement la tache rougeoyante, et la chose cria encore plus fort. Kalypso accéléra et nagea vers un deuxième drapeau juste à un pied de l'entrée de la grotte – jaune, celui-ci. La pieuvre se déplaça rapidement, essayant de revenir à l'entrée de ce que je devinais être sa tanière, avant que Kalypso ne l'atteigne.

Le mouvement de l'énorme créature envoya davantage de remous dans l'eau, et je vis un drapeau bleu vif onduler juste à l'entrée.

Kalypso se déplaçait si vite qu'elle l'atteignit juste avant la pieuvre, mais elle ne prit pas la bannière. Au lieu de cela, elle poursuivit sa nage, entrant dans la grotte. Un liquide sombre jaillit des ventouses de la pieuvre, et j'en vis une se précipiter dans l'obscurité après Kalypso.

Je retins mon souffle pendant un instant, puis la pieuvre hurla une dernière fois, scintilla et disparut.

Kalypso sortit de la grotte à la nage en agitant triomphalement un drapeau rouge.

— Kalypso a atteint le drapeau le plus difficile en une minute et quatre secondes, rugit Atlas. Le drapeau rouge signifie qu'elle a un vaisseau de classe Tornade pour la course. Félicitations, Kalypso !

Elle agita encore le drapeau, puis une lumière blanche jaillit autour d'elle, la faisant disparaitre du réservoir et réapparaitre dans la rangée supérieure de bancs où elle se trouvait tout à l'heure.

La foule applaudit bruyamment alors que je me rasseyais lourdement sur le banc derrière moi.

— Je vais mourir.

— C'est possible, déclara Kryvo.

La panique s'installait, m'engourdissant étrangement les doigts.

— Qu'est-ce que je vais faire ?

— Je suggère de ne pas choisir le drapeau qui se trouve à l'intérieur de la grotte, mais un plus proche.

— Ben voyons, marmonnai-je. C'est quoi, un vaisseau de classe Tornade, de toute façon ?

— Je ne sais pas, mais je peux probablement chercher.

Je passai la main sur mon visage, puis dans mes cheveux, tirant sur ma tresse.

J'essayai de m'imaginer dans le réservoir avec la pieuvre. Qu'aurais-je fait ?

— Ensuite, Polybotès !

Il y eut un éclair, et le géant apparut dans le réservoir.

Je me relevai, me tordant les mains en attendant de voir à quoi le géant serait confronté.

— Il doit contourner un sang-pourri !

Le requin-démon apparut en scintillant devant lui. Des frissons glacés ondulèrent sur ma peau, mais le géant n'avait pas si peur.

Il se cogna la poitrine, et on aurait dit qu'il riait. Comment respirait-il sous l'eau ? Je savais que Poséidon avait créé les géants, mais je ne savais pas qu'il y en avait qui possédait la magie aquatique.

Polybotès était presque aussi gros que le requin qui fit claquer ses mâchoires, ses yeux noirs sans âme fixés sur sa gorge. Polybotès leva un poing massif. Je fronçai les sourcils d'incrédulité quand le sang-pourri se précipita en avant et que le géant recula son bras.

— Il ne va pas…

Un hoquet interrompit ma phrase quand le géant écrasa un coup de poing en plein sur le museau du sang-pourri. La créature partit en arrière dans l'eau, et le géant donna des coups de jambes en direction de la grotte. Mais le sang-pourri était rapide, faisant claquer ses mâchoires sur les talons de Polybotès. Je me mordis la lèvre lorsque le requin l'attrapa par l'une de ses énormes bottes en cuir. Je m'attendis presque à voir la jambe du géant partir avec quand le requin secoua la tête, mais Polybotès s'enroula sur lui-même, frappant des coups sur la bête qui lâcha enfin sa botte.

— Rappelle-moi de découvrir en quoi sont faites ses putains de chaussures, marmonnai-je alors qu'il reculait vers les drapeaux.

Je fus tout aussi surprise que le géant n'aille pas dans la grotte, attrapant à la place le premier drapeau vert. Le soulevant haut, il adressa un doigt d'honneur au requin avant que celui-ci ne disparaisse.

— Polybotès obtient le drapeau Zéphyr en deux minutes et quinze secondes ! beugla la voix d'Atlas.

— Zéphyr ?

Je sentis une petite piqûre sur ma clavicule, et une vision me descendit sur les yeux.

— J'ai trouvé quelque chose, déclara Kryvo.

J'étais sur le point de lui dire que j'avais besoin de ma vue pour voir l'arène, mais une image se matérialisa devant moi, et je ne pus m'empêcher de regarder.

C'était un autre tableau, aux couleurs chatoyantes cette fois, et il montrait quatre navires avec une écriture cursive en dessous.

Le plus gros navire avait le mot « Tornade » écrit en dessous. Il était entièrement carapaçonné d'un blindage métallique et muni de trois grands mâts. À côté se trouvait un navire étiqueté « Typhon », qui m'évoqua un long navire viking. Il avait deux mâts et une pointe à la proue. Ensuite, il y avait un « Zéphyr », qui était énorme par rapport aux autres, et avait une véritable piscine au milieu du pont, sur le tableau. C'est peut-être pour cette raison que Polybotès avait opté pour le Zéphyr, pensai-je. C'était le seul navire assez grand pour lui. Enfin, il y avait un petit navire, en bois et simple. Un Vent-Travers, d'après la légende dessous.

— La prochaine, Céto !

La voix d'Atlas parvint à mes oreilles, et la vision disparut, le réservoir du temple et l'arène revenant sous mes yeux.

— Merci, Kryvo, murmurai-je.

— Et elle sera face à un enchelys !

La voix de Poséidon résonna sous le dôme de l'arène, et je tournai les yeux vers lui.

— Céto est la mère des enchelys, tonna-t-il. Cela ne semble pas juste.

— Le temps de ces Épreuves, Céto et son frère ont renoncé à leurs pouvoirs sur les créatures qui les appellent leurs créateurs, répondit Atlas. N'est-ce pas, Céto ?

La déesse marine parla, et on aurait dit qu'elle était sous l'eau : ses gargouillis à chaque syllabe me firent instinctivement penser à la noyade.

— En effet, Atlas. Nous ne souhaitons rien d'autre qu'une victoire équitable.

— Allons-y !

En un éclair, la femme à moitié monstre marin se retrouva dans le réservoir.

L'eau scintilla entre elle et la grotte, puis un serpent apparut dans l'eau. Et pas n'importe quel serpent. Le serpent le plus méchant que j'aie jamais vu.

Il avait une crinière de pointes autour de sa tête écailleuse, et des éclairs vert fluo pulsaient sur son interminable longueur. Deux tentacules dépassaient de derrière ses mâchoires pour tester l'eau, dardant de manière menaçante.

Contrairement aux deux créatures marines précédentes, les yeux verts brillants de ce truc exprimaient quelque chose, et je me demandai à quel point il était intelligent.

Je clignai des yeux et faillis tout rater quand les deux se jetèrent l'un sur l'autre. Queue et tentacules frappèrent et éclaboussèrent, puis s'enroulèrent l'une autour des autres, tandis que la gueule du serpent claquait devant le torse humain de Céto.

Du rouge foncé suinta autour d'elle, et je ne savais pas si c'était de l'encre comme celle d'une pieuvre ou de la magie, mais les battements du serpent semblaient ralentir. Elle leva les mains haut et commença à se tordre, ses tentacules toujours verrouillées dans une violente étreinte autour de la queue du serpent. Elle joignit les mains, et la matière rouge foncé se répandit comme un feu d'artifice, remplissant le réservoir. Le serpent eut des spasmes, puis devint tout mou, se déroulant en flottant jusqu'au fond du réservoir.

Céto se déplaça dans l'eau comme une flèche, attrapant le drapeau bleu juste à l'entrée de la grotte.

— Céto gagne un Typhon, en une minute et quarante secondes !

Je me rassis, aspirant de l'air.

Je ne pouvais pas frapper un requin sur le museau ou empoisonner un serpent de mer. Putain, qu'est-ce que j'allais faire ?

— Ensuite, votre souverain en titre, Poséidon !

La foule poussa un rugissement assourdissant lorsque Poséidon apparut dans le réservoir. Ses cheveux blancs s'élevèrent autour de lui alors qu'il flottait dans l'eau, ses muscles saillants sous les lanières de cuir et son visage farouchement confiant. Il tenait une lance dans sa main droite à la place de son trident, et sa main gauche brillait.

Je me relevai, me penchant involontairement en avant.

— Il affrontera un xanosa !

Je frissonnai lorsque la créature apparut en face de lui. Autre monstre réservé aux cauchemars des enfants, le xanosa était une sorte de sirène. Elle était presque translucide, de couleur grise, comme un spectre aqueux. Ses os et ses organes étaient visibles et rougeoyants à l'intérieur de son corps de sirène, et des ailes lui flottaient dans le dos dans l'eau tandis qu'elle agitait sa queue. Son visage était joli, jusqu'à ce qu'elle ouvre lentement la bouche. Sa mâchoire sembla se détacher du reste de son crâne, et un trou sombre et béant apparut sur sa figure. L'eau ondula devant elle, et je compris, d'après les légendes, qu'elle envoyait un bruit mortel dans l'eau vers Poséidon.

Mais la main gauche du dieu de la mer s'éleva au-dessus de sa tête, brilla, puis explosa, faisant jaillir ce qui ressemblait à des cordes constituées d'eau. Celles-ci se tordirent et tournoyèrent vers la sirène, l'enveloppant en quelques secondes, la retournant encore et encore dans le réservoir jusqu'à l'emprisonner dans des spirales de liquide bouillonnant. Poséidon se déplaça dans l'eau plus vite que n'importe lequel de ses concurrent, et fut à l'intérieur de la grotte avant que la sirène ait cessé de tourner.

Un battement de cœur plus tard, il ressortit, un drapeau rouge à la main. La sirène disparut.

— Poséidon obtient un Tornade en cinquante-six secondes, déclara Atlas, sa joie tonitruante distinctement absente.

La bile me monta dans la gorge lorsque je réalisai que j'étais la seule concurrente restante. Je m'enfonçai un peu de racine d'eau dans la bouche aussi discrètement que possible, les mains tremblantes.

— La prochaine étape est notre surprise, annonça-t-il. Almi, *épouse* de Poséidon !

La joie était de retour dans sa voix. J'eus à peine le temps de respirer avant que le monde ne devienne blanc.

CHAPITRE 20

L'eau était chaude, et même si je devais donner des coups de pieds pour faire du surplace, je ne sentis aucune fatigue dans mes muscles. La fiole magique de Poséidon fonctionnait.

J'en suis capable. J'en suis capable, scandai-je dans ma tête, en me concentrant sur ce qui se trouvait sous mes pieds, là où il y avait les drapeaux. Le drapeau le plus proche. C'était tout ce que j'avais à faire, et ensuite on me ferait sortir du réservoir.

— S'il te plaît, ne meurs pas, entendis-je dire la voix terrifiée de Kryvo.

— Almi va affronter un saraki !

Un quoi ? Je n'avais même jamais entendu parler d'un saraki. Kryvo si, visiblement, car il laissa échapper un couinement de douleur.

L'eau scintilla devant moi, puis révéla une créature que je n'aurais pas pu imaginer même si j'avais essayé. La peur saisit tout mon corps alors que je tentais de traiter ce que je voyais.

De la taille de ma vieille voiture de merde, ce truc

ressemblait à un poisson, mais la moitié de son foutu corps était une bouche. Des centaines de dents aussi hautes que moi lui sortaient des mâchoires sous tous les angles, et je ne pouvais éviter de voir son gosier expansif. Il aurait pu m'avaler tout entière.

Un long bras sortit du sommet de sa tête, avec un orbe lumineux se balançant au bout, devant la bouche monstrueuse.

J'eus le temps de me rappeler quelque chose à propos des poissons-pêcheurs qui attiraient leurs proies avec une lumière suspendue devant leur bouche, quand tout plongea soudain dans l'obscurité.

Tout ce que je pouvais voir, c'était l'orbe brillant. Il semblait assez loin, et un léger brouillard m'embrumait l'esprit.

Où étais-je ? Et pourquoi faisait-il noir ?

La lumière m'aiderait. J'avais juste besoin d'atteindre la lumière, et je pourrais voir ce qui se passait.

Je donnai des coups de jambes, me déplaçant vers la lumière.

Une légère douleur lancinante à la clavicule me fit marquer une pause.

Je pouvais entendre un couinement lointain, mais l'attraction de la lumière et le brouillard cotonneux dans ma tête m'empêchaient de comprendre ce que c'était.

Je secouai la tête, essayant de m'éclaircir les idées, mais rien ne se produisit.

La lumière pulsa, et je me reconcentrai dessus. C'était si joli. Une chaude lueur orange qui promettait la sécurité.

Je donnai un autre coup avec les jambes. J'avais besoin d'atteindre la lumière.

Arrête.

Une voix masculine retentit à travers le brouillard dans ma tête. *Nage vers le bas. Maintenant.*

Je reconnus la voix. C'était qui ? Ma mémoire ne fonctionnait pas correctement. Rien ne fonctionnait correctement, réalisai-je, un petit filet d'alarme s'insinuant dans mon calme.

Nage vers le bas. Maintenant. Cherche un drapeau jaune.

Mais… Mais la lumière. J'avais besoin d'aller vers la lumière.

Le drapeau jaune ! Maintenant !

Presque contre ma volonté, je changeai de trajectoire, inclinant ma tête vers le bas dans l'eau. Les ténèbres s'estompèrent un peu alors que l'orbe quittait ma ligne de mire. Une faible lueur verte brillait sous moi, et un peu plus loin, jaune.

Bien. Le drapeau jaune. Ne regarde pas la lumière.

L'eau tourbillonna autour de moi, et la sérénité qui m'avait submergée s'échappa davantage.

La peur la remplaça. Lorsque le drapeau vert arriva à portée de main, la brume se dissipa complètement, et je pris brutalement conscience de ma situation.

Jésus Marie Joseph, j'avais presque nagé tout droit dans la bouche de la chose.

Instinctivement, bêtement, je levai les yeux vers le poisson gargantuesque sous lequel je nageais. Dès que je regardai la lumière en face, tout s'obscurcit à nouveau autour de moi.

Almi !

Détournant mon regard, je donnai des coups de pieds violents. J'attrapai le drapeau vert.

Le drapeau jaune. Tu ne pourras pas naviguer sur un Zéphyr, aboya la voix.

Poséidon ?

C'était la voix de Poséidon, réalisais-je maintenant que le brouillard cérébral s'était dissipé.

Avec hésitation, je retirai ma main du drapeau vert.

Il m'aidait. J'aurais été changée en nourriture pour poisson s'il ne m'avait pas parlé. Je n'avais aucune raison de ne pas lui faire confiance.

Je donnai des coups puissants avec les jambes, me dirigeant vers le drapeau jaune à la place. L'eau s'agita brusquement autour de moi, me faisant dévier de ma trajectoire. Je roulai dans l'eau, le poisson apparaissant au-dessus de moi.

Apparemment, il avait renoncé à l'idée de m'attirer doucement à lui.

Je ravalai un cri quand ses nageoires disproportionnellement petites vrombirent et qu'il traversa l'eau dans ma direction, en faisant claquer violemment ses mâchoires terrifiantes. La lumière se balança devant lui, et tout s'assombrit autour de moi tandis que mes yeux me trahissaient et essayaient de la suivre.

J'utilisai mes bras pour me propulser dans l'eau, aussi bas que possible sur le sable et hors de portée de la chose.

Le drapeau jaune n'était qu'à quelques mètres et je me jetai en avant quand ma poitrine toucha le fond sablonneux.

Je me précipitai vers le drapeau et, alors que je refermais mes doigts autour, une douleur hurla dans ma cheville. Mes lèvres s'entrouvrirent, et je vis des étoiles, de l'eau se précipitant dans ma bouche et dans ma gorge.

— Almi obtient un Vent-Travers en quatre minutes et quarante secondes, entendis-je vaguement dire Atlas.

Puis je me retrouvai dans les gradins, à bout de souffle, à m'étouffer sur de l'eau, en m'effondrant par terre.

Je haletai, évacuant l'eau de mes voies respiratoires, mes yeux coulant. La douleur à ma cheville était si intense que je crus m'évanouir.

— Il t'a mordu, oh dieux, il t'a mordu, cria Kryvo à plusieurs reprises.

Je m'essuyai les yeux et me retournai sur le côté, avant de regarder ma cheville.

Si je n'avais pas craché à l'instant l'équivalent d'un seau d'eau, j'aurais probablement vomi. Du sang coulait d'une entaille au bas de mon mollet, par ma peau déchirée par la dent de la chose. J'étais à peu près sûre de pouvoir voir des os, et la tête me tourna. Je détournai les yeux, renversant la nuque en arrière sur le banc et fermant les paupières. Une profonde fatigue m'envahit, la douleur s'atténuant. Quelque part dans ma tête, je compris que c'était une très mauvaise chose. Mais je ne pouvais pas lutter contre les ténèbres qui me tiraient vers le bas.

J'entendis des pas, puis une voix féminine.

— Bordel, c'est moche. Heureusement que ça t'a seulement effleurée. Laisse-moi régler ça.

Je me forçai à ouvrir les yeux avec des efforts, et je vis la silhouette aux cheveux blancs de Perséphone assise sur le banc au-dessus de moi.

Des vignes se déployaient de ses paumes vers mes jambes. J'étais trop sonnée pour répondre, et quand elles s'enroulèrent autour de ma cuisse, je les sentis pulser d'une agréable chaleur. L'obscurité commença à se lever.

Puis la douleur revint de plein fouet et je laissai échapper un sifflement.

— Ça ne fera plus mal dans une minute, déclara Perséphone sur un ton d'excuses.

Au bout d'une seconde, la douleur s'estompa, et je sentis mes épaules s'affaisser de soulagement.

La voix d'Atlas résonna dans l'arène, me crispant à nouveau.

— C'est tout pour aujourd'hui ! Demain, nous assisterons à la première Épreuve des trois, pour décider qui remportera le trident de Poséidon et son royaume.

— Tu peux regarder maintenant, déclara Perséphone.

Je le fis, plissant mon visage d'effroi.

L'entaille avait disparu. Une large cicatrice blanche avait pris sa place, et la mare de sang s'étendait toujours sur le sol sablonneux, mais la blessure elle-même n'était plus.

— Waouh.

Je me redressai en position assise et réalisai que ma fatigue avait également disparu.

— Comment as-tu fais ça ?

— Je suis une déesse de la vie. Je suis douée pour la guérison, me sourit-elle, les vignes se dénouant autour de ma cuisse et retournant à ses paumes. Allons. Laisse-moi t'aider à te relever.

Elle me tendit la main, et je la pris, m'appuyant sur elle pour me lever. Avec précaution, je testai ma cheville. C'était un peu douloureux, comme si je l'avais tordue, ou quelque chose de ce genre, mais c'était tout.

— Je ne peux pas te remercier assez, dis-je. Pourquoi m'as-tu aidée ?

— J'ai passé mes propres Épreuves, et j'ai failli mourir plusieurs fois, déclara-t-elle avec un regard triste sur le visage. Je ne pourrai pas t'aider pendant les Épreuves car ce n'est pas autorisé, mais je ferai ce que je peux, autrement.

La gratitude m'envahit, l'émotion me brûlant les yeux. Personne ne s'était occupé de moi depuis que j'avais perdu Lily.

— Merci, dis-je, essayant de montrer ma sincérité.

— Ce n'est rien, dit-elle. Et bravo. Tu as réussi le premier test.

— Merde, tu as raison, dis-je alors qu'un sourire me jaillissait sur les lèvres. J'ai survécu !

Elle rit.

— Ouais. Quelle magie as-tu ? J'aurais dit une magie aquatique, mais le saraki fait de la magie psychique et tu y as résisté. Ce n'est pas facile.

Elle pencha la tête vers moi, et je déglutis. Je ne pouvais tout simplement pas lui dire que je n'avais aucune magie et que j'avais résisté à cette maudite chose parce que Poséidon m'avait aidée.

Pourquoi ? Pourquoi m'avait-il aidée ?

Je regardai vers là où il s'était assis, mais il n'y avait personne. En fait, toute l'arène s'était presque vidée.

Je me retournai vers Perséphone, et une idée me traversa l'esprit.

— Tu peux guérir quoi que ce soit ?

Elle secoua la tête.

— Non. Mes pouvoirs sont assez nouveaux, et je n'ai appris que récemment à les utiliser sur des blessures. Je suis plutôt douée avec les poisons, maintenant, mais c'est tout pour l'instant.

Je me mordis la lèvre.

— Est-ce que tu… tu penses que tu pourrais jeter un œil à ma sœur ?

L'espoir montait en moi. Une déesse guérisseuse. Qu'est-ce que je n'aurais pas donné pour avoir accès à une déesse guérisseuse auparavant !?

— Elle est malade ?

J'ouvris la bouche pour répondre, mais la voix de Poséidon retentit derrière moi.

— Elle est plongée dans un sommeil induit par une puissante magie. Tu ne pourras pas l'aider.

Je me retournai et vis Poséidon quelques rangées plus bas.

— Vous ne savez pas qu'elle ne peut pas l'aider, protestai-je.

— Je *sais* qu'elle ne peut pas l'aider.

Ses yeux étaient durs, sa posture résolue.

Perséphone toucha mon bras, attirant mon attention vers elle.

— Je dois y aller. Si tu as besoin de moi, utilise ceci.

Elle me passa une petite rose dorée.

— Merci, dis-je.

Et elle disparut dans un éclair de lumière.

Je me retournai vers Poséidon, mais il parla avant moi.

— Perséphone ne peut pas connaître le fléau de la pierre, déclara-t-il.

— Pourquoi pas ? Et si elle pouvait le guérir ?

— Elle ne peut pas.

— Vous ne pouvez pas le savoir sans qu'elle essaie.

La colère se lut sur son visage.

— Tu oublies qui je suis, gronda-t-il. Je sais beaucoup de choses.

— Alors il est temps que vous en partagiez une partie !

Je n'avais pas voulu lui crier dessus. J'avais voulu le remercier de m'avoir sauvé la vie une seconde fois. Mais il était là, et il redevenait un connard absolu.

— Vous pouvez commencer par me dire quelle magie puissante a endormi Lily et pourquoi cette histoire de pierre doit rester secrète.

Je posai les mains sur mes hanches, puis titubai quand il apparut à un pied devant moi.

Moi qui le toisais depuis le banc du haut, je me retrouvai à devoir renverser la tête pour le regarder dans les yeux.

Son énorme corps dégoulinait encore d'eau, et il sentait… *la liberté.* Ce mot me vint à l'esprit sans y être invité, et je ne le compris pas. Cet homme représentait le contraire de ma liberté, à tout point de vue.

Ses yeux étaient orageux et sauvages, et d'aussi près, j'étais sûre de pouvoir voir de vraies vagues s'écraser en eux, des étincelles d'écume océanique argentée roulant par-dessus ses iris.

— Tu testes mes limites, grogna-t-il.

Sa voix ressemblait même à des vagues déferlantes, d'aussi près.

— Dites-moi juste. Dites-moi ce que vous savez à propos de Lily.

Alors que je levais les yeux vers lui, le souvenir de sa voix ferme et sévère m'éloignant de la lumière du saraki me revint à l'esprit.

— S'il vous plait, ajoutai-je doucement.

Sa poitrine se tendit, et sa mâchoire dure cliqua.

— Pas ici.

— Quoi ?

— Je vais te dire ce que tu veux savoir. Mais pas ici.

— Ah oui ?

— Oui.

À ma grande surprise, il me tendit la main. Je la regardai avec méfiance, et il me montra les dents.

— Si tu veux que je te dise des secrets, alors il nous faut aller quelque part où nous ne serons pas entendus, dit-il en serrant les dents. Je ne peux pas t'emporter là-bas sans contact.

Fronçant les sourcils, je plaçai ma main dans la sienne. L'électricité me jaillit dans le bras, explosa dans ma poitrine, et je hoquetai. Ce n'était pas douloureux, c'était… délicieux. C'était rapide, et puissant, et féroce, et libre, et…

— Tu es prête ?

La voix de Poséidon était bourrue, et je scrutai son visage à la recherche de tout indication qu'il avait ressenti la même chose, mais il avait juste son expression énervée habituelle. Sauvage ou énervé. Ce sont les deux seuls regards que j'aie jamais vus sur son visage. Il était une force furieuse toujours à peine sous contrôle.

— Oui. Je suis prête, dis-je.

Plissant les yeux vers moi, il grogna, puis tout devint blanc.

CHAPITRE 21

a première chose dont je pris conscience lorsque la lumière se dissipa, ce fut le vent. L'air frais de l'océan me fouetta le visage, libérant mes cheveux de leur écharpe.

— Où sommes-nous ? soufflai-je en tournant lentement sur moi-même.

C'était un espace similaire à la salle du trône de Poséidon – en ce sens qu'il était rond avec des colonnes soutenant le plafond. Mais la vue... Nous étions dehors. Pas sous l'eau dans un dôme doré, mais au-dessus de la surface de l'océan.

Je m'avançai vers le bord pour jeter un coup d'œil. L'océan clapotait sur les flancs de la tour, et les oiseaux criaient au loin. Tout ce que je pouvais voir à des kilomètres, c'était la mer bleue contre un ciel peint de nuages pastel. Une autre bouffée d'air marin salé souffla entre les colonnes, et j'inspirai profondément.

— Ce sont mes écuries privées.

— Des écuries ?

Je me tournai vers lui avec surprise, puis balayai l'espace du regard. Je ne vis aucun animal, juste la zone ouverte dans laquelle nous nous tenions, et rien d'autre qu'un petit escalier en colimaçon menant au plafond simple.

— Tu voulais en savoir plus à propos du fléau, dit-il avec une expression ferme et contrôlée. Et à propos du sommeil jeté sur ta sœur.

Je cessai immédiatement de me poser des questions sur les écuries et je reculai vers le dieu de la mer.

— Oui.

— Le fléau a affligé tout le Verseau. Depuis quelque temps. Je l'ai caché aux citoyens.

— Pourquoi ?

— J'espérais y mettre un terme avant que la panique ne cause des problèmes. Je ne crois pas que mon peuple se comporterait favorablement s'ils pensaient qu'ils risquent de se changer en pierre.

— Ils méritent de savoir ! Et s'ils pouvaient aider à arrêter ça ?

Il grinça des dents.

— J'ai essayé beaucoup de choses pour y mettre un terme. Des choses bien plus puissantes que la magie de guérison de Perséphone. Aucune n'a fonctionné. Et aucune ne fonctionnera.

— Comment le savez-vous ? Vous ne pouvez pas simplement perdre espoir.

— Je le sais, parce que l'Oracle de Delphes me l'a dit.

Je fronçai les sourcils, suintant de la haine.

— Putain d'Oracle.

Poséidon tressaillit.

— Ne lui reproche rien.

— Et pourquoi pas ? Elle vous a dit de m'épouser. Est-elle responsable de la maladie de Lily ?

Poséidon hésita avant de répondre.

— Non. Mais je commence à soupçonner qu'elle est, en quelque sorte, liée à tout ce qui se passe.

Son regard s'aiguisa.

— Et que tu y es liée aussi.

Je serrai les poings.

— Je ne suis qu'un moyen d'assouvir une vengeance aux yeux d'un dieu que vous avez énervé, sifflai-je. Que fait le fléau ? Vous vivez avec.

Alors même que je le montrais d'un geste, la pierre rampa sur sa peau, le long d'un pectoral. Je levai maladroitement les yeux de sa poitrine.

— J'ai pu rendre visite à un guérisseur assez puissant pour le tenir à distance, mais sa magie s'estompera.

Je haussai les sourcils.

— Et ensuite ?

— Et ensuite, il m'importera peu de savoir qui gagne ces Épreuves. Je serai aussi vivant qu'une statue.

— Merde.

Il me jeta une œillade.

— Je suis d'accord.

— Qu'est-ce que cet abruti d'Oracle a dit quand vous l'avez vue ?

Ses yeux quittèrent les miens pour regarder l'océan.

— Le cœur de l'océan est la seule chose qui puisse me sauver et mettre fin au fléau.

Mon estomac se noua. C'était donc pour cela qu'il pensait que Lily et moi étions liés au fléau de la pierre.

— Mais qu'est-ce que c'est, le cœur de l'océan ?

Comme il ne répondit pas, je toussai.

— Si c'est un gros saphir et qu'une petite vieille l'a jeté à la mer, ça n'a rien à voir avec moi.

Il se tourna vers moi en clignant des yeux.

— Quoi ?

— Je suppose que vous n'avez pas vu Titanic, dis-je en haussant les épaules.

— Tu es…

Il s'interrompit, et un éclair de cette sauvagerie brilla dans ses yeux, mais ce n'était pas de la colère, cette fois.

— Bizarre ? proposai-je. C'est ce que pense Galatée. Mais elle pense aussi que je complote pour te faire tomber alors…

— C'est le cas ?

— Je veux juste guérir Lily. C'est tout.

Et voler votre vaisseau pour le faire.

Il pencha la tête sur le côté, ses cheveux tombant le long de sa mâchoire. Je fus presque submergée par l'envie de les repousser, et je me forçai à reculer.

— Pourquoi m'avez-vous aidée aujourd'hui ?

— Tu serais morte si je ne l'avais pas fait.

— Vous vous souciez vraiment de ma vie, hein ?

Son expression se crispa.

— Nous en avons déjà parlé.

Mais je savais que son mariage avec moi ne lui avait pas donné son cœur mythique de l'océan. Alors pourquoi ne m'avait-il pas abandonnée et n'avait-il pas essayé de trouver un moyen de réveiller Lily et de l'épouser ?

— D'accord, fut tout ce que je dis. Eh bien, vu ce qui est arrivé aujourd'hui, j'aurai de la chance si je survis aux prochaines vingt-quatre heures. Des conseils ?

Je pris soin de parler d'une voix décontractée, mais la réalité, c'était que je n'envisageais pas du tout de survivre à la course.

Je n'avais aucune magie, aucune force, aucune vitesse. Je roulais avec un réservoir vide, sans rien pour me soutenir. S'il n'y avait pas eu Poséidon, j'aurais nagé tout droit dans les mâchoires de ce poisson effrayant, et je n'aurais même jamais su ce qui s'était passé.

Il fallait que je suive les conseils de Kryvo. Il fallait que je fiche le camp du palais dès que possible. Si je ne trouvais pas le vaisseau avant la première Épreuve, il faudrait que je trouve un autre moyen de me rendre dans l'Atlantide.

— Tu as déjà navigué sur un bateau ?

Je dardai mes yeux vers Poséidon.

— Non. J'ai passé mon enfance sous l'eau.

Mon pouls s'accéléra un peu quand j'ajoutai :

— Et les navires volent dans le ciel. Ils ne fonctionnent pas sous l'eau.

Sauf le vôtre.

— Non. Ils fonctionnent avec des voiles solaires. Les voiles absorbent la lumière, ce qui alimente la magie du navire. On les dirige et on les contrôle par la pensée. Plus ton lien avec le navire est étroit, mieux tu le contrôles.

— Y a-t-il des navires qui marchent sous l'eau ? demandai-je.

Il fronça les sourcils.

— Non. À moins que je ne les y oblige. Tu as obtenu un Vent-Travers, et c'est la plus petite classe de navires. Cela devrait être plus facile à gérer pour toi.

Sa figure se plissa en un air renfrogné alors qu'il scrutait la mienne.

— Tu as l'intention de partir, dit-il lentement.

Il y avait de la certitude dans ses yeux quand il se rapprocha de moi.

Comment aurait-il pu le savoir ?

— Je...

Je levai les mains. Y avait-il un intérêt à lui mentir ?

— J'y réfléchis, dis-je enfin.

— Tu n'iras pas loin.

— Est-ce une menace ?

Il aboya un rire sans joie.

— Si seulement. Atlas est un puissant et vieux Titan, et

ce sont des Épreuves publiques. Qu'on le veuille ou non, on participera à cette course et aux deux Épreuves.

Merde.

— Vous êtes sûr ?

Son expression était sombre quand il leva un bras, repoussant les cheveux de son visage. Ça semblait un geste tellement humain, plutôt que divin, que je me surpris à être un peu moins intimidée par lui.

— J'en suis sûr.

Ses yeux outrageusement bleus quittèrent à nouveau les miens, pour errer sur l'océan.

— Atlas ne reculera devant rien pour s'assurer de ta mort.

Un frisson me parcourut.

— Qu'avez-vous fait à sa femme ?

Je savais qu'il ne me répondrait pas, mais je devais essayer.

— C'est mon affaire.

— Est-ce que ça changerait les choses si Atlas savait que vous ne tenez pas à moi ?

Quand ses yeux se rivèrent brusquement dans les miens, leur sauvagerie s'embrasa, sans équivoque, et du pouvoir jaillit de lui, brut et à peine contrôlé. Pendant une seconde, j'eus envie de sauter du bord des écuries et de m'immerger dans la mer, de vivre pour toujours dans son monde débridé et illimité de pure puissance. Dans la liberté offerte par l'océan. *Et je voulus le faire avec lui.*

Je clignai des yeux, et le sentiment se dissipa. Je n'avais jamais, jamais ressenti un tel lien avec l'eau. Et... *Et je n'avais jamais désiré un homme comme ça.*

— Tu es faible.

— Quoi ?

— Tu es faible, répéta Poséidon, d'un ton neutre. Physiquement, ajouta-t-il, comme si cela atténuerait l'insulte.

Ce n'était pas le cas.

— Ouais. J'imagine. Je ne me suis pas bien adaptée.

Je me dandinai.

— Tu devrais manger plus.

Je ne pus m'empêcher de rire.

— *J'adorerais* manger plus. Donnez-moi de la nourriture, ô roi puissant, et j'obéirai à votre terrible requête.

Je lui fis une révérence moqueuse, puis sursautai de surprise quand je me redressai. Il était à quelques centimètres de moi, à me surplomber de sa silhouette musclée.

— Sais-tu combien de personnes se moquent de moi ?

J'ouvris la bouche pour dire quelque chose d'intelligent, puis la refermai. Je secouai la tête, mon cœur battant fort contre mes côtes. Une puissante rafale de vent souffla sur nous, et une bribe de ce sentiment de liberté m'engloutit.

— Très peu qui y survivent, grogna-t-il.

— Vous n'arrêtez pas de me sauver la vie, murmurai-je. Ce serait dommage de me tuer pour une petite plaisanterie légère.

Pendant une fraction de seconde, j'aurais pu jurer que j'avais aperçu une étincelle d'amusement dans ses yeux. Puis les vagues s'écrasèrent dans ses iris, leur sauvagerie de retour. Sauvages et féroces comme l'océan lui-même. Il recula, et merde, je tendis presque la main pour attraper les sangles de son armure et le tirer en arrière.

Qu'est-ce qui n'allait pas chez moi ? *C'est un dieu*, me dis-je. Il est censé faire cet effet aux gens.

— J'ai quelque chose pour toi.

Sa phrase fut brève et inattendue.

— Vraiment ?

— Pour t'aider à rester en vie.

— Alors vous n'allez pas me tuer ?

Son regard plongea dans le mien, et je me tortillai.

— Pas aujourd'hui.

CHAPITRE 22

Je suivis Poséidon dans les escaliers, mon cœur battant un peu trop vite dans ma poitrine.

Nous émergeâmes dans un espace rond identique à l'étage du dessous, mais celui-ci était bordé d'immenses portes d'écurie à mi-hauteur entre des colonnes encastrées. L'excitation accéléra mes pas alors que je quittais la dernière marche de l'escalier.

— Est-ce que les animaux sont là ?

— Les pégases. Oui.

Je scrutai le box le plus proche, dans l'espoir d'en apercevoir un, mais la moitié inférieure de la porte était trop haute.

— Je n'en ai jamais vu, soufflai-je.

— Tu n'as pas fréquenté l'académie, où tu aurais peut-être appris à en monter un.

Il ne formula pas cela comme une question, et un zeste de peur me serra la poitrine.

— Comment le savez-vous ?

Il m'ignora, se dirigeant vers une porte qu'il ouvrit, révélant le box au-delà. Il n'y avait aucun animal à l'intérieur, mais je vis que l'autre côté était à ciel ouvert, de sorte que le pégase pouvait aller et venir à sa guise. Une grande quantité de foin recouvrait le sol, et des auges en fer ornées contenaient à la fois de la nourriture et de l'eau.

— Ils ne peuvent pas vivre dans des dômes sous-marins, car ils doivent pouvoir voler à volonté, de sorte que cette tour monte suffisamment haut pour briser la surface de l'océan.

Je hochai la tête.

— C'est ce que j'avais lu.

Poséidon prit une profonde inspiration.

— Pendant la durée des Épreuves, tu peux emprunter un pégase du palais.

Un petit cri s'échappa de mes lèvres.

— Ces animaux sont mes créations personnelles, et contrairement à la plupart des pégases, ils peuvent se déplacer sous l'eau, ainsi que dans le ciel. Je pense qu'ils te seront utiles à la fois pour naviguer sur un vaisseau volant, et pour toute épreuve se déroulant sous la surface.

Je sentis ma mâchoire se décrocher.

— Vous… vous me laisseriez vraiment avoir un pégase ?

— Pour la durée des Épreuves uniquement, répéta-t-il avec une tension dans la voix. Et ces animaux sont vraiment particuliers. Ils ont leur propre volonté. Sans mon trident, je ne peux pas les forcer à faire quoi que ce soit. S'ils ne t'aiment pas, ils ne feront rien pour t'aider.

Je hochai la tête avec ferveur.

— D'accord. Comment puis-je en trouver un qui m'aime ?

— Il faut que tu le sentes. Ferme les yeux, étends ton pouvoir et va au box qui t'attire.

Oh merde. Utiliser mon pouvoir ? Eh bien, j'étais baisée.

En déglutissant, je fermai les yeux. *Lily ? Kryvo ? Des*

idées ? J'envoyai cette pensée dans l'éther. L'image de Lily surgit dans ma tête.

Utilise simplement tes sens normaux. Tu aimes les animaux. Cherche les pégases et choisis un box.

La petite étoile de mer resta silencieuse.

Un fort courant d'air marin souffla à travers la porte ouverte de l'écurie, et j'inspirai profondément, essayant de m'ancrer dans le présent.

Choisis une porte, n'importe laquelle.

Un petit bruit attira mon attention. Un hennissement ? Je me retournai, les yeux toujours fermés. Le voilà de nouveau, suivi d'un bruit de souffle lointain. Je me dirigeai dans cette direction. Si je ne pouvais pas utiliser la magie, mes oreilles devraient suffire.

J'ouvris les yeux et me retrouvai devant trois portes. Chacune avait un symbole peint dessus, mais je n'en reconnus aucun. Je m'efforçai d'entendre quoi que ce soit qui aurait pu indiquer quelle porte avait un pégase derrière. Un léger claquement de sabots parvint à mes oreilles, et je tendis la main, bougeant rapidement.

— Celui-ci, dis-je en posant ma main sur le bois.

Un hennissement retentit de l'autre côté et je retirai vivement la main.

À mon grand étonnement, Poséidon sourit. Et bordel, *quel sourire !* Tout son visage changea, l'énergie presque hors-de-contrôle qui exsudait constamment la colère ayant été remplacée par celle d'un homme qui n'avait aucun souci au monde. Il ressemblait à un surfeur insouciant et bronzé avec qui toutes les filles auraient voulu passer le samedi soir, les yeux pleins de promesses de plaisir sans fin.

Je le fixai, et son sourire s'estompa, comme s'il s'était rendu compte de ce qu'il faisait, mais qu'il hésitait à se corriger.

— C'est *galázies apochróseis tou okeanoú*. Mon animal le plus sauvage.

— Oh. C'est un nom assez sauvage.

— Cela signifie *les nuances bleues de l'océan*.

Il s'avança et tira le loquet. Une légère panique me prit.

— Attendez ! Ai-je besoin de savoir quelque chose ? Comment parle-t-on à un pégase ?

Poséidon se contenta d'ouvrir la porte et se recula.

Deux yeux, brillants comme des étoiles cobalt, se rivèrent dans les miens, et mon souffle se coupa.

Je n'avais jamais rien vu d'aussi magnifique que la créature qui sortit lentement du box vers moi.

Il faisait la taille d'un grand cheval, et bien que son pelage soit d'un blanc crayeux, sa crinière et sa queue évoquaient les yeux de Poséidon. Une écume argentée et une ombre de bleu océanique couraient dans sa toison, donnant l'impression qu'ils étaient couverts de vagues lorsque le pégase se déplaçait.

Avec un hennissement sonore, la créature déploya ses ailes, et je hoquetai de joie. De la lumière ondula sur elles, un éclat d'or glissant sur chaque plume comme si elles étaient recouvertes de métal liquide. Il leva la tête, les narines dilatées alors que je me tenais devant lui.

— Salut, dis-je nerveusement.

J'entendis Kryvo émettre un couinement à peine audible. *S'il te plaît, ne mange pas d'étoiles de mer*, pensai-je en faisant un pas hésitant vers le Pégase. Je sentis les yeux de Poséidon sur moi lorsque je tendis lentement la main vers la créature. Sa tête était à un pied au-dessus de la mienne, alors je levai le bras.

Il renifla, me faisant sursauter, puis tapa du pied. Je tins bon et fis de mon mieux pour garder la main stable.

— Je n'ai rien à te donner, pas de pomme ou… quoi que ce soit que les pégases mangent, dis-je. Mais je peux te dire que tu es la chose la plus magnifique sur laquelle j'aie jamais posé les yeux.

Le pégase cessa de piaffer et tourna un peu la tête pour pouvoir fixer un œil sur moi.

Espérant qu'il pouvait me comprendre et était sensible à la flatterie, je continuai.

— Tes ailes sont plus que belles. Et Poséidon me dit que tu peux voler aussi bien dans l'eau que dans le ciel ? C'est incroyable.

Le pégase fit bruisser ses ailes, pour montrer ce que j'espérai être son appréciation.

— Je suis, euh…

Je jetai un coup d'œil à Poséidon, mais son visage ne révélait rien.

— Faible, apparemment. Et j'ai besoin d'un peu d'aide dans certaines circonstances qui, eh bien, vont probablement me tuer.

Je levai les mains comme pour dire : « que voulez-vous ? » ; et les narines de la créature se dilatèrent à nouveau. Puis il baissa la tête et se rapprocha de quelques pas. Mon pouls s'accéléra.

— J'espérais, disons, si tu n'as rien d'autre de prévu, que tu pourrais m'aider pendant quelques jours ?

Le pégase se figea, puis renâcla en secouant la tête.

— Évidemment, je ne voudrais pas te mettre en danger, dis-je rapidement.

Il leva le museau et se tourna vers Poséidon. Je regardai le dieu fixer les yeux brillants de la créature pendant un long moment.

Enfin, il parla.

— Je suis désolé, mon ami. Je ne peux pas communiquer avec toi.

Il y avait tellement de tristesse dans la voix de Poséidon, et le pégase poussa un hennissement tout aussi triste.

De la compassion envers le dieu déferla sur moi, spontanément.

Tu ne l'aimes pas, souviens-toi ! me réprimandai-je en silence. *Il a fait de ta vie un enfer ! S'il ne peut plus parler à ses amis, les animaux, et alors ?*

Mais alors que Poséidon baissait respectueusement la tête à l'attention du Pégase et que la créature faisait de même, je sus que cela m'importait. Je pouvais sentir son lien avec la créature étonnante, et son chagrin était tangible.

Il traite peut-être les Néréides comme de la merde, mais il était clair que cet homme tenait à ses animaux.

Avec un autre coup de jambe, le pégase se retourna vers moi.

— Oh. Re-bonjour, dis-je en lui faisant un minable petit signe de la main.

Je réprimai un couinement quand la créature bougea plus vite que prévu et cogna son nez froid contre ma main.

Une sensation de vent impétueux, acidulé et frais, d'embruns océaniques et de vagues rugissantes m'envahit l'esprit, et des rires jaillirent de ma bouche sans y être invités.

— Bleu, dis-je, le mot résonnant dans ma tête.

— Il t'a dit le nom qu'il a choisi. Il t'a acceptée.

La voix de Poséidon resta douce, mais je ne me retournai pas vers lui.

Bleu avait reculé, dressant et abaissant ses belles ailes dans une sorte de spectacle, et mon attention ravie était rivée sur lui.

— Bleu, hein ? C'est beaucoup plus facile à dire que ton vrai nom.

Il caracola de long en large, agitant sa queue et hennissant, et j'applaudi des deux mains.

— Tu es incroyable !

— Attends de voir l'océan par ses yeux.

Cette fois, je me tournai vers Poséidon, la mélancolie dans sa voix presque douloureuse à entendre. Je fronçai les sourcils.

— Pourquoi dites-vous ça comme si vous ne pouviez pas ?

— Mes devoirs me retiennent au palais. Contenir ce fléau et les personnes qu'il afflige, c'est un travail qui prend du temps.

— Vous êtes le roi... Vous pouvez sûrement sortir de temps en temps pour faire une balade en pégase, non ?

— Je ne veux pas risquer de transmettre le fléau, déclara-t-il après une longue pause.

Je me figeai, tout comme Bleu.

— C'est comme ça que ça se transmet ?

— Nous ne le savons pas. Il n'y a aucune preuve que ça se transmette par contact physique, mais je ne peux pas mettre en danger la vie ou la santé de ces créatures.

Je sentis s'insinuer en moi encore plus de respect importun à son égard.

— Mon ami qui s'est occupé de Lily n'est pas tombé malade. Et je suis sûre qu'il a été en contact avec elle.

Quand j'imaginai ma sœur seule dans la boulangerie de Silos, cela fit un peu reculer certains des sentiments les plus doux que je me surprenais à ressentir envers Poséidon.

Il acquiesça.

— Ceux qui sont tombés malades en ville ne semblent avoir aucun lien les uns avec les autres.

— Qu'avez-vous fait d'eux ?

Son expression devint aigre et colérique.

— Ils sont au palais.

— Et leurs familles ?

— Nous avons dû utiliser la magie, déclara-t-il.

Je penchai la tête sur le côté, submergée par un sentiment de malaise.

— Que voulez-vous dire ?

— Tant que nous ne saurons pas comment guérir les malades, les familles des personnes affligées doivent être tenues dans l'ignorance.

— C'est-à-dire, l'ignorance ?

J'entendis ma propre voix tourner au vinaigre.

— J'avais le choix, gronda le dieu. Isoler ceux qui savent à propos du fléau ou l'effacer de leur mémoire. J'ai choisi ce que je pense être la solution la plus juste. J'ai supprimé leurs souvenirs.

— Du fléau ?

— De la personne affligée.

L'horreur me traversa.

— Vous avez fait oublier leurs proches aux gens ?

— Seulement temporairement. Même les dieux ne peuvent pas supprimer définitivement les souvenirs, pas sans boire l'eau du Styx.

Son ton était maintenant granitique, et je savais qu'il ne tolérerait pas mon insolence plus longtemps, mais je ne pouvais pas m'empêcher d'être outrée.

— Vous n'avez pas le droit de faire ça !

J'avais vécu avec le souvenir de ma sœur pour seule compagne pendant si longtemps que l'idée de ne même pas savoir qu'elle existait me rendait malade.

— C'est temporaire, grogna-t-il. Ils ne ressentent aucune tristesse, et cela n'affecte leur vie en aucun cas.

— Ce n'est pas parce qu'ils ne le savent pas que ça ne les affecte pas !

— Tu préférerais que je leur dise que leurs proches sont morts ? rugit-il, me faisant tressaillir à sa soudaine perte de sang-froid. Que je leur dise que ce ne sont plus que des statues sans vie, que je n'ai pas réussi à sauver !

Bleu hennit et recula dans le box alors que Poséidon avançait vers moi. Ces mots résonnaient dans ma tête. *Pas réussi à sauver.* Il était en colère parce qu'il n'avait pas réussi à sauver son peuple.

— Pourquoi faut-il garder le secret à propos du fléau ? Pourquoi ne pas simplement le dire aux citoyens et leur faire comprendre que vous cherchez une solution ?

— Parce que, grogna-t-il en venant s'arrêter à un pied de moi et en toisant mon petit corps. Si le monde savait que je ne peux pas guérir ce fléau, on viendrait me défier. Il n'est pas possible de montrer sa faiblesse quand on est le roi de l'océan et le frère de Zeus.

Sa voix était venimeuse, et il me fallut tout mon courage pour tenir bon. La tour entière grondait d'un tonnerre lointain, et la pluie avait commencé à s'abattre sur la mer au-delà, la faisant bouillonner. Je pris une inspiration tremblante alors qu'il continuait.

— Je pensais que mon frère voudrait me défier s'il découvrait que moi ou mon royaume étions malades. Je ne m'attendais pas ce que ce soit Atlas.

L'émotion brillait dans ses yeux. Une émotion qui n'était pas de la colère, mais quelque chose de plus profond, d'intense, de brut.

— Tu n'étais pas censée être mêlée à ça.

Mes propres émotions reflétaient les siennes et grandissaient en moi, nourries par sa férocité.

— Qu'est-ce que vous en avez à fiche ?

Je pouvais voir dans ses yeux et entendre dans ses paroles qu'il ne s'en fichait pas.

Et je ne comprenais pas.

La fureur de la tempête pulsait à travers moi.

— M'épouser ne vous a pas donné votre stupide cœur de l'océan. Je ne suis rien pour vous !

Le tonnerre craqua, et le vent se leva, nous fouettant

tous les deux, là où nous étions plantés, l'un en face de l'autre, et inexplicablement furieux.

— Toi ! hurla Poséidon.

Puis il arracha ses yeux des miens, levant un bras. Des vagues déferlèrent derrière lui, si hautes qu'elles cachaient le ciel.

— Moi quoi ? Pour l'amour des dieux, quoi ?

Il leva une autre main, et un raz de marée de la taille d'un gratte-ciel s'abattit sur les écuries. Je pris une grande inspiration, tout mon corps crispé, prête à être emportée. Mais pas une goutte d'eau n'entra dans les écuries.

— Tu me rends fou ! bleugla Poséidon.

Puis, dans un éclair de lumière blanche, il disparut.

Mes membres tremblaient alors que je fixais des yeux l'endroit d'où il avait disparu. L'océan tourbillonnait encore autour de moi, la pluie tombait, instantanément absorbée par la mer sans fin.

— C'est toujours ce qui se passe quand le roi de l'océan fait une crise de colère ? marmonnai-je, fixant la tempête et essayant de calmer mon cœur qui s'emballait.

Un petit rire me répondit, et je me tournai lentement vers le stand de Bleu. Sabot après sabot prudent, il se dirigea vers moi.

— Tu l'avais déjà vu perdre les pédales ? demandai-je doucement au pégase.

Bleu secoua sa magnifique crinière.

— Je vais prendre ça pour un oui.

Je m'approchai et sentis une petite piqûre à ma clavicule.

— Merde, Kryvo, je suis désolée, dis-je en levant la main vers mon épaule.

Je l'avais totalement oublié.

— Ça va ?

— Non.

La voix de la petite étoile de mer était aussi tremblante que moi.

— Non, je ne vais pas bien. Je ne sais pas ce qui est pire, ce saraki ou Poséidon.

— Ouais, dis-je.

Mais je ne le pensais pas. Je contemplai la mer tumultueuse, tandis que l'étoile de mer se frayait lentement un chemin jusqu'à ma paume. Quoi que ce soit, ce qui venait de se passer avait irrévocablement changé mon opinion sur le dieu de la mer.

Il se souciait de son peuple. Il faisait ce qu'il ne fallait pas, c'est sûr, mais pas pour les mauvaises raisons. Il prenait soin de ses animaux aussi, et s'il pleurait la perte de son trident, je ne pensais pas qu'il regrettait le pouvoir que cela lui avait coûté, mais plutôt sa capacité à parler aux créatures de son royaume.

Et… je commençais vraiment à croire qu'il tenait à moi. Son sourire chantait dans mon esprit, une image en totale contradiction avec son attitude habituelle, mais parfaitement juste d'une certaine manière.

— Il ne peut pas tenir moi, dis-je à haute voix, alors que Kryvo s'installait dans ma paume, rouge vif à nouveau.

— Poséidon ?

— Ouais. Il ne me connaît même pas. Comment pourrait-il tenir à moi ?

— Il se fâche drôlement contre toi, pour quelqu'un qui ne te connaît pas, dit-il en frissonnant un peu.

Bleu hennit, et je levai les yeux vers lui.

— Tu manges des étoiles de mer ? lui demandai-je.

Le pégase tapa du pied, baissant la tête.

— Hmmm. Je pense que c'est un non. Mais juste au cas où, s'il te plaît, ne mange pas celle-ci. C'est mon seul ami.

Kryvo chauffa dans ma main alors que je me rapprochais du Pégase.

— Je suis ton ami ?

— Tu viens d'affronter un monstre marin mortel avec moi. Bien sûr que tu es mon ami.

— Je n'ai rien fait. Mais j'ai essayé. Je te disais de rester loin de la lumière, mais je ne parlais pas assez fort.

Il avait l'air si abattu que mon cœur se réchauffa de compassion à son égard. Je savais ce que c'était, de se sentir inutile.

— On a survécu. Et j'apprécie beaucoup que tu aies essayé.

— C'est vrai. On a survécu.

Il avait l'air un peu plus joyeux.

— Et maintenant, on a un nouvel ami. C'est bleu.

Je le levai devant le Pégase, qui dilata ses narines et renâcla.

— Il sent fort, annonça Kryvo.

Bleu frappa des sabots, et je ramenai Kryvo contre ma poitrine.

— Ne l'insulte pas, peut-être ? chuchotai-je à l'étoile de mer, avant de dire à Bleu à haute voix. Tu sens incroyablement bon.

Je tendis ma main vide, espérant qu'il pousserait encore son nez contre ma paume. Après une petite hésitation, il le fit.

— Bleu déteste généralement tout le monde.

Je me retournai à la voix de Galatée.

— Hum. On se correspond, alors, lui répondis-je sèchement.

Je n'étais pas d'humeur pour sa sévérité.

— Tu t'es bien débrouillée aujourd'hui.

— Quoi ?

— Honnêtement, je ne pensais pas que tu survivrais. Jusqu'à présent, je n'ai vu aucune preuve que tu aies même un quelconque pouvoir. Si Poséidon n'insistait pas pour me dire que tu en as…

— Que faites-vous là ? l'interrompis-je.

Je baissai le regard vers ma paume pour voir que Kryvo s'était parfaitement camouflé, mais je ne savais pas depuis combien de temps elle m'observait.

— Poséidon m'a envoyée pour te ramener. À moins que tu veuilles essayer par toi-même ?

Je considérai ces mots, et cela ne me prit qu'une seconde pour réaliser que j'étais totalement coincée sur la plate-forme, au-dessus de l'océan.

— D'accord.

Je me retournai vers Bleu.

— Si tu pouvais m'aider demain, je t'en serais très reconnaissante.

Il riva ses yeux brillants et intelligents dans les miens et renâcla.

— Merci.

Je lui adressai un sourire radieux et priai tous ceux qui écoutaient pour que le beau cheval volant se présente si j'avais besoin de lui.

CHAPITRE 23

Un véritable festin m'attendait quand Galatée me déposa à ma chambre.

— Tout ça, c'est pour moi ?

Je restai bouche bée devant elle.

— Oui. Et Poséidon a décidé qu'il était inutile de t'enfermer.

Elle avait l'air de penser que c'était une très mauvaise idée, mais je savais pourquoi. Il m'avait fait clairement comprendre qu'il ne servait à rien de prendre la fuite.

— L'Épreuve aura lieu demain, à l'aube, alors tu peux passer le reste de cette soirée au palais comme tu le souhaites.

Une excitation enfantine s'éveilla en moi à l'idée d'explorer ce bâtiment incroyable. *Et peut-être trouver le vaisseau.*

— D'accord. Merci.

Avec un dernier regard suspicieux, elle me laissa seule avec mon festin ridiculement copieux, mais bien mérité.

Quand j'eus l'estomac plein de pâtisseries et de bœuf, et de généreuses portions de chocolat, j'attachai ma ceinture et partis explorer le palais. Et, espérons-le, me faire une idée de l'endroit où Poséidon gardait son navire.

Le simple fait de penser au dieu de la mer me fit tourner la tête, et un mélange agaçant d'émotions me bouillonnèrent dans le ventre.

— Kryvo, dis-je fermement, en essayant de ne pas penser à Poséidon et de me concentrer sur la tâche à accomplir. Une de tes amies statues sait-elle où l'on pourrait garder un navire dans ce palais ?

L'étoile de mer était de retour sur ma clavicule. Son petit couinement parvint à mes oreilles.

— Non. Je peux voir de beaux jardins, en revanche.

— D'accord. Comment est-ce que je fais pour y aller ?

Je descendis le couloir jusqu'à un grand escalier bordé de statues. Il s'incurvait doucement vers le bas, et des peintures dorées décoraient délicatement les murs. En descendant, je remarquai de petites étoiles de mer en pierre sur de nombreuses statues, qu'il s'agisse de bustes ou de représentations de créatures marines.

— C'est à travers ça que tu peux voir ? demandai-je à Kryvo en tendant la main et en touchant une qui chevauchait le dos d'un dauphin bondissant.

— Oui.

Je poursuivis ma descente de l'escalier jusqu'à déboucher sur un immense hall rond. Il y avait des ponts-couloirs qui en partaient de tous côtés, et je devinai que je devais être dans une tour assez centrale. Au milieu de l'atrium se trouvait une fontaine, avec une représentation de Poséidon levant son trident de vingt pieds de haut, alors que l'eau bondissait et jouait autour de ses jambes dans une sorte de danse.

Je m'en approchai en fronçant les sourcils.

— Il se prend pas pour de la merde, marmonnai-je. Comment je fais pour sortir ?

— Il y a un autre escalier, le long du couloir avec la statue de raie manta, répondit Kryvo.

Je suivis ses instructions, trouvant un escalier qui descendait, au bout d'un court couloir-pont. En bas, il y avait une série de portes, et quand je les eus franchies, je me retrouvai au début d'un chemin avec de hautes haies vertes de part et d'autre. Je levai les yeux, vers les hautes flèches blanches du palais tout autour de moi, et l'or du dôme brillant contre le bleu de l'océan au-dessus.

Je descendis le chemin, qui sinuait doucement à gauche et à droite, les hautes haies m'empêchant de voir ce qui se trouvait au-delà, jusqu'à ce que j'arrive à une arche.

— Ouah, soufflai-je en passant.

Si j'avais appelé cela un jardin, ç'aurait été trop poli. Les lieux étaient époustouflants. Je me tenais en haut d'une sorte de butte en terrasses, qui menait à une immense piscine. Plutôt que de lécher la limite du dôme pour permettre aux gens de sortir, cette piscine semblait être conçue pour qu'on nage dedans. Entourée de tuiles dorées, l'eau était d'un bleu anormalement brillant.

Des arches en bois torsadé et drapées de fleurs violettes encadraient des marches qui descendaient à travers les gradins. Les parterres exhibaient presque exclusivement des fleurs violettes et jaunes, dont beaucoup étaient des lianes qui serpentaient autour des bancs et des statues de créatures aquatiques.

Du gazon vert couvrait le sol partout, et cette couleur avait quelque chose d'énergisant, car je m'étais tellement habituée à voir le fond bleu de l'océan.

Je flânai le long des sentiers, essayant de déterminer quoi faire ensuite.

Je cherchai l'image de Lily, et elle se matérialisa dans mon esprit.

— Je ne sais pas où chercher le navire, lui dis-je.

Si le vaisseau est aussi important que le livre le dit, alors il est susceptible de le garder caché.

— Mais c'est son palais, pourquoi aurait-il besoin de le cacher ici ?

Des centaines de personnes vivent et travaillent ici. Y compris le père de Silos, me rappela-t-elle.

— Hmmm.

Tu as envisagé de lui dire ce que tu sais sur l'Atlantide ? Il pourrait être prêt à t'y emmener.

— J'y ai pensé.

Poséidon croyait que j'avais un lien avec tout cela, et il avait dit que nous règlerions le problème après les Épreuves. Si je lui posais des questions sur la fontaine de guérison, ce serait peut-être beaucoup plus facile que d'essayer de la trouver par moi-même.

— S'il y avait de grandes chances que ça marche, alors il aurait déjà essayé, dis-je. Il a dit qu'il avait essayé beaucoup de choses puissantes pour guérir le fléau.

Il doit y avoir une raison pour laquelle il ne l'a pas fait.

— Ou il l'a fait, et ça n'a pas marché, dis-je d'un air maussade. Ou peut-être que le livre est une fiction et que l'Atlantide n'existe pas.

Je donnai un coup de pied dans une touffe d'herbe qui poussait entre les dalles sous mes pieds.

— Tout ça pour rien.

Ma chère sœur, je crois que tu aurais toujours fini là, quoi qu'il arrive.

— Pourquoi ?

Atlas. Il veut se venger. Il t'aurait trouvée, juste pour faire du mal à Poséidon. La vengeance est un motif des plus puissants.

Je fronçai les sourcils.

— Je me demande ce que Poséidon a fait à sa femme ? Il l'a tuée ? Il a couché avec elle ? Il 'a laissée seule dans le monde des humains pendant des années ?

Ça n'a plus d'importance, maintenant. Ce qui compte, c'est de survivre à ces Épreuves. Ensuite, vous pouvez travailler ensemble pour trouver un remède et sauver Verseau.

— Sauver le Verseau ? Je te sauve, pas tout le putain de royaume.

Je pense plutôt que c'est la même chose, maintenant.

— Merde.

Je n'y avais pas pensé sous cet angle. Mais elle avait raison. Je gémis.

— Tu sais Lily, le destin a vraiment tout foutu en l'air. C'est toi qui devrais faire tout ça. Je parie que tu pourrais vaincre un poisson-pêcheur démon, et piloter un bateau, et respirer sous l'eau, et…

Ça suffit, Almi. Tu as ce qu'il te faut pour t'en sortir. Et maintenant, tu as une étoile de mer lâche mais intelligente, et un pégase un peu effrayant pour t'aider. Son image mentale me sourit, et un tout petit peu de confiance se faufila en moi, à travers le marécage des doutes.

— C'est vrai.

— À qui parles-tu ?

La voix grave me fit sursauter, et je me retournai en la reconnaissant.

— Atlas.

Il se tenait à côté d'une statue de sirène nue aux bras levés au-dessus de la tête et aux yeux fermés.

— Almi. Épouse de Poséidon.

Il fit un pas vers moi, et mon pouls s'accéléra. Il portait des robes formelles et noires, et attachées avec son sigil. Sa peau était si pâle qu'il ressemblait lui-même à une statue, et il exsudait une sensation de picotement qui n'évoquait en rien à la mer.

—Poséidon sait que vous êtes ici ?

Il écarta largement les mains.

— Nous sommes tous ici maintenant. Chaque concurrent réside dans ce dôme.

Son sourire n'atteignait pas ses yeux, qui étaient durs. Ses iris sombres étaient ourlés de rouge, réalisai-je alors qu'il se rapprochait encore plus.

— Pourquoi n'êtes-vous pas en compétition ?

Il pouffa.

— Je ne veux pas contrôler ce royaume merdique et plein d'eau.

Je fus aussitôt sur la défensive.

— Le Verseau est trop bien pour vous, crachai-je.

Son sourire s'élargit, alors même que ses yeux se durcissaient.

— Poséidon est responsable d'une douleur que tu ne peux même pas imaginer. Il le ressentira aussi, je le jure.

— Qu'est-ce qu'il a fait ?

Je fis un pas en arrière alors qu'il essayait de combler l'écart entre nous.

— Demande-lui toi-même, dit-il en haussant les sourcils. À moins que tu ne l'aies déjà fait et qu'il ait refusé de te le dire ?

J'ouvris la bouche, mais la vérité devait être inscrite sur mon visage.

Atlas éclata de rire.

— Bonne chance demain, petite Almi. Tu vas en avoir besoin.

De la chaleur m'engloutit, accompagnée de puissance et d'un bourdonnement d'avertissement, et je sentis mes genoux commencer à plier.

— Tu honoreras bientôt les bons dieux, siffla-t-elle alors que mes rotules rencontraient le marbre et que le reste de mon corps se repliait en un arc indocile. Tant que tu seras en vie, du moins.

Son pouvoir était écrasant, sa présence de plus en plus douloureuse, et j'essayai de lui résister en grimaçant. Son message était limpide. Il était aussi puissant que Poséidon. Peut-être même plus.

La pression sur mon corps et la chaleur électrique oppressante disparurent, et je levai la tête avec soulagement. Il m'adressa un dernier regard plein de haine, puis il disparut, s'éloignant à grands pas dans la cour.

— Qu'est-ce que c'était que ça ? Je chuchoté.

— Je ne l'aime pas, couina Kryvo.

— On est deux.

Qu'avait fait Poséidon à sa femme ?

CHAPITRE 24

Je me réveillai en sursaut, paniquée quand je sentis le livre lourd sur ma poitrine.

Des coups retentirent à ma porte, forts et insistants, et je clignai des yeux en regardant autour de moi.

Je m'étais endormie en me renseignant sur les vaisseaux volants, réalisai-je. Était-ce déjà l'aube ?

— Qui c'est ?

Je m'attendais à ce que Galatée réponde, mais la voix bourrue de Poséidon aboya :

— Ouvre la porte.

Je traînai mes jambes hors du lit, mes muscles raidis après que je me fus endormie dans une position aussi inconfortable. La nervosité chassa ma somnolence alors que j'ouvrais la porte.

— Pourquoi frapper ? Vous pouvez sûrement juste entrer à l'intérieur, non ?

Je fronçai les sourcils. Il portait sa tenue de combat en cuir, et des gouttelettes d'eau scintillaient sur sa poitrine

nue. Je me forçai à me rappeler que nous ne nous enten-
dions pas.

— C'est votre palais après tout, et vous êtes doué pour
prendre ce que vous voulez sans demander.

Il me montra les dents.

— Nous avons une heure avant le début de l'Épreuve. Je
suis venue pour te montrer quoi faire avec le vaisseau, mais
si tu comptes m'agacer…

Je levai les mains, le coupant.

— Je suis peut-être agaçante, mais je ne suis pas stupide.
Donnez-moi dix minutes pour me préparer.

Il se contenta de grogner et de croiser les bras. Essayant
de ne pas remarquer les effets de ses gestes sur ses biceps,
je claquai la porte.

Aussi vite que possible, je me douchai et m'habillai avec
des vêtements identiques mais propres, sortis du placard.

— Kryvo, je sais que tu ne voudras pas venir, mais tu
m'as aidée la dernière fois, et honnêtement ? J'apprécierais
ta compagnie.

Du rouge ondula sur l'étoile de mer là où elle était, sur
son coussin posé sur la commode.

— Je pensais que tu dirais ça. Tu es absolument sûre que
nous ne pouvons pas nous cacher ?

— Cent pour cent, petit ami.

Il laissa échapper un soupir couinement.

— Je ferai ce que je peux pour nous aider à survivre.
Même si j'aurais, en quelque sorte, souhaité ne jamais
t'avoir rencontrée.

— Charmant.

Je le laissai se frayer un chemin dans ma paume, puis le
soulevai jusqu'à mon épaule. Attachant ma ceinture, je
regardai mon reflet dans le miroir.

— Oh Lily. Ça aurait vraiment dû être toi, soupirai-je,
le ventre noué d'appréhension.

Il y eut un autre coup à la porte, et je serrai la mâchoire et secouai la tête.

Mais c'était moi. Je devais le faire, pour nous deux.

Poséidon me jeta un coup d'œil superficiel alors que je sortais de ma chambre, puis, sans avertissement, il y eut un flash de lumière blanche.

— Eh ! bafouillai-je lorsque la lumière s'estompa et que je titubai. Vous auriez pu me dire que vous alliez faire ça !

— Tais-toi.

Je me hérissai, mais les alentours attirèrent mon attention avant que je puisse répondre.

Nous étions debout sur une jetée, et il y avait de vrais bateaux devant moi. De vrais gros vaisseaux.

Nous étions aussi à l'extérieur, au-dessus de la surface de l'océan, et la brise était chaude tandis qu'elle soufflait sur nous.

— Où sommes-nous ?

— C'est le Sagittaire.

Il pointa quelque chose derrière moi, et je me retournai pour voir que la jetée sur laquelle nous nous tenions était rattachée à une île.

— Le royaume d'Artémis ? Le Sagittaire, ce n'est pas un royaume interdit ?

— Rien n'est interdit à quelqu'un d'aussi puissant que moi.

Je fis une grimace.

— Ah ouais. Bien sûr que non, ô tout-puissant.

Il grogna de la gorge, et j'essayai d'avoir l'air vaguement docile.

— Qu'est-ce qu'on fait là ?

— C'est là que la course commencera. C'est la côte la plus proche du Verseau.

— Comment savez-vous que c'est ici que la course commencera ?

— C'est là que je commencerais. Et c'est moi qui ai conçu ces Épreuves, à l'origine. Bien que je sois sûr qu'Atlas apportera quelques modifications.

— Oh.

— C'est un Vent-Travers.

Il se retourna vers la jetée et désigna le plus petit navire.

La coque en bois me toisa, et je la fixai.

Quelque chose remua dans mon ventre, quelque chose de papillonnant, et juste hors de portée. Attribuant la sensation à la peur que tout cela ne devienne très réel et que je sois sur le point de participer à une Épreuve qui me tuerait probablement, je regardai Poséidon.

— Je ne vois rien d'autre que la coque, dis-je.

Il y eut un autre flash de lumière blanche, mais cette fois, je ne titubai pas, car nous nous matérialisâmes sur des planches de bois.

— Merci pour l'avertissement, grinçai-je avec sarcasme.

À ma grande surprise, il me lança un regard qui signifiait sans aucun doute « de rien », décoché avec tout autant de sarcasme.

— C'est le mât principal.

Je regardai ce qu'il indiquait, et la sensation papillonnante dans mon ventre s'intensifia. Les voiles étaient *sublimes.*

Sublimes.

Il n'y avait pas d'autre mot pour les décrire. On aurait dit un tissu métallique, brillant d'argent et d'or tandis qu'il ondulait dans le vent, la lumière ondulant sur les voiles presque comme des flammes liquides.

Suivant mon regard, Poséidon parla doucement.

— Elles absorbent et utilisent la lumière. Elles sont très belles à regarder.

— Elles déchirent, soufflai-je.

— Je ne sais pas ce que cela signifie, mais je prends ton regard émerveillé pour une réaction positive.

Je hochai la tête en signe d'assentiment.

— Le pont est ici, et c'est là que se trouve la roue de gouvernail.

J'arrachai mes yeux des voiles pour les tourner vers l'endroit qu'il indiquait. Mais mon regard ne se contenta pas de l'effleurer comme je l'avais prévu. Mon souffle se coupa, mon ventre se retourna presque dans sa férocité nerveuse.

Il avait le même aspect que la plupart des fois où je l'avais vu auparavant ; des bottes et un pantalon en cuir, des armes attachées en travers de son torse puissant, ses cheveux flottant autour de son visage dur et féroce. Mais sur le navire, encadré comme il l'était par le bois richement coloré des planches, la lumière qui se réfléchissait sur les voiles, et le roulis des vagues de l'océan au-delà...

Il avait l'air *juste bien*. Tellement bien que je ne pouvais pas détacher mes yeux de lui.

— Votre place est ici, dis-je, sans le vouloir.

Il hésita, l'émotion brûlant dans ses yeux.

— Quoi ?

Le mot était doux, même méfiant.

— Ça semble juste... de vous voir là. Sur le pont.

Chaque méplat dur de son corps m'attirait, la peau bronzée de ses abdominaux disparaissant si brutalement sous sa ceinture, de manière flagrante et délicieuse. Des images de nous ensemble sur le bateau, avec le vent qui rugissait et l'océan féroce autour de nous, mais rien de comparable à la passion dans ses yeux orageux alors que sa bouche prenait la mienne...

— Non. Ma place est au Verseau, sous la mer, avec mes frères.

— Alors pourquoi...

Je ne savais pas comment terminer ma question. Pourquoi avait-il l'air si parfait ici, à l'air libre ?

D'où diable venaient ces pensées ?

Je sentis mes joues rougir et je baissai les yeux vers les planches.

— Le gouvernail, dit-il lentement.

— Le gouvernail, répétai-je en regardant le pont.

— Il est plus facile pour la plupart de guider le navire avec la barre. Si tu es liée au navire, tu peux simplement toucher le bois du mât. Mais cela prend du temps de forger ce lien. Du temps que nous n'avons pas.

— Bien, dis-je même si j'écoutais à peine.

J'étais trop occupée à gronder mon cerveau ridicule, apparemment assoiffé de romance.

— Pour diriger, pense simplement à là où tu veux aller.

— Ça a l'air facile, dis-je en insufflant une fausse gaieté dans ma voix.

— Ce n'est pas facile, déclara-t-il. Il faudra sans aucun doute faire plus que simplement diriger le navire. Il faudra que tu te concentres à la fois sur cela et sur tout ce qu'Atlas jettera sur notre chemin.

Il s'arrêta.

— Pourquoi tu ne me regardes pas ?

Parce que mon cerveau n'arrête pas de menacer d'enlever mentalement ton pantalon depuis qu'on est sur ce stupide vaisseau ?

— Je suis juste nerveuse.

— Tu devrais l'être. Viens.

Il avança à grands pas vers la petite volée de marches conduisant au pont, et je le suivis. Quand il commença à grimper, je m'assurai de détourner les yeux de son cul moulé de cuir en regardant distraitement l'île du Sagittaire. Cela ressemblait surtout à de la garrigue, rien de plus que des mauvaises herbes robustes sortant du sable sur la rive étroite.

— J'ai dit : viens.

— Ah oui.

En jetant un coup d'œil en arrière, je vis que Poséidon avait monté les marches.

Je les montai rapidement et pris une seconde pour examiner correctement le vaisseau.

Le pont s'étendait devant moi, les voiles solaires dominant la vue. Les mâts et les voiles n'avaient apparemment besoin d'aucun gréement, car je ne voyais aucune corde. Le navire s'étrécissait à l'avant vers ce qui, j'en étais sûre, s'appelait la proue, et je vis une arme solitaire montée là, peut-être un harpon.

À l'arrière du pont surélevé se trouvaient une grande chaise en bois, boulonnée au sol, et une sorte d'engin sur des fils – une grande boîte. L'ensemble du navire était fabriqué dans un bois profond et de belle couleur, et les balustrades qui bordaient tout le pont montaient jusqu'à la taille, assez finement sculptées en forme de vagues.

— Touche la roue.

Je portai la main à ma tempe en guise de salut.

— Oui, monsieur.

Je me dirigeai vers l'immense roue de gouvernail. Je ne pouvais pas compter les rayons, car il y en avait tellement ! Quand je posai mes doigts dessus, le bois était chaleureux et accueillant. Je refermai les mains autour de deux rayons en forme de poignée.

— Imagine que le navire se soulève.

Je fermai les yeux et fis ce qu'il m'avait dit. Je sentis une légère embardée, puis je pris conscience d'un mouvement fluide sous mes pieds. J'ouvris les yeux, et un sourire me jaillit à la figure. Nous bougions vers le haut, dans un mouvement vertical.

— Bien. Maintenant, arrête.

Je souhaitai que le navire s'arrête, et il le fit.

— Impossible.

Poséidon se dirigea vers le bastingage et regarda par-dessus. Me demandant jusqu'à quelle hauteur j'avais soulevé le navire, et incapable de contenir ma curiosité, je lâchai le gouvernail et le rejoignis.

Regardant par-dessus le bord, mon sourire s'élargit. Nous étions maintenant à cent pieds au-dessus de la jetée, et les autres navires qui s'y trouvaient semblaient petits. Je regardai en direction de l'île et vis que le rivage brous-sailleux était trompeur, car une riche prairie verte s'éten-dait à quelques mètres à peine, plus à l'intérieur des terres.

— Je peux le faire aller vite ?

Poséidon me regarda, un sourcil levé et un soupçon de *quelque chose* dans ses yeux.

— Oui, je pense que tu peux probablement. Il est inha-bituel que le contrôle vienne aussi facilement aux débutants.

Je haussai nonchalamment les épaules, tandis que des feux d'artifice d'excitation explosaient dans ma tête.

— C'est peut-être parce que je suis une Néréide, dis-je, profitant de l'occasion pour m'en convaincre.

— J'en doute.

Je lui fis une grimace.

— Pourquoi ?

Je souhaitai instantanément ne pas avoir demandé.

Il soupira et appuya ses coudes sur la rambarde.

— Je sais que tu n'as pas de magie.

Une peur glaciale m'aspergea.

— Quoi ? Non.

— C'est pour ça que je croyais que tu aurais des problèmes avec le vaisseau. Je suis content de voir que ce n'est pas le cas. Tu pourrais même survivre.

Il regardait la mer, sans jamais se tourner vers mon visage troublé.

— Je...

Je me creusai les méninges, à la recherche d'une raison qui expliquerait mon absence de magie, n'importe quel mensonge. Lily m'avait dit toute ma vie que je devais garder secrets mes pouvoirs brisés, et sa voix résonnait dans ma tête.

Lentement, Poséidon se redressa, se tournant vers moi.

— Je suis le roi de l'océan. Je sens la magie aquatique dans des endroits dont tu ignores même l'existence. Pensais-tu vraiment que je ne saurais pas que tu n'as pas de pouvoir ?

Sa voix n'était ni dure ni colérique. C'était un fait.

— Pourquoi ne l'avez-vous pas dit avant ? Pourquoi m'avez-vous laissée faire semblant ?

Il me dévisagea.

— Ce n'est pas important. Ton tatouage, dit-il brusquement en désignant ma poitrine.

Ma chemise était ouverte sur mon haut, la coquille bien en vue.

— Et bien ?

— Les tatouages des Néréides sont censés être de couleurs vives.

— Le mien est cassé.

Je ne pus retenir l'amertume de ma voix.

— Si je le sais, Atlas le saura aussi. Kalypso aussi. Ce sont tous deux des dieux puissants.

Il jeta un coup d'œil à ma ceinture.

— Les racines d'eau et les gadgets ne te permettront pas de les dépasser.

L'embarras et la honte firent flamboyer mes joues, et la colère envahit mes pensées.

— Ça ne va pas non plus m'aider à survivre de me faire sentir stupide et faible, dis-je en serrant les dents.

— Almi, ce n'est pas mon intention.

La sincérité s'entendait dans sa voix, un contrôle mesuré régnant toujours sur son expression.

— J'essaie de te préparer.

— Je pourrais tout aussi bien être humaine. Putain, comment suis-je censée me préparer à ça ?

D'une manière ou d'une autre, ça rendait la situation plus réelle que ce ne soit plus un secret, et les larmes me piquèrent les yeux alors que mon estomac continuait à se nouer.

Poséidon tendit la main, une fiole y apparaissant.

— Ça t'aidera. Et tu as un don avec le navire. Cela pourrait bien suffire.

— C'est ce qui m'a donné de la force hier ? dis-je en lui prenant la fiole.

— Oui. C'est le mieux que je puisse faire. Ça et l'espoir que Bleu viendra.

— Pourquoi m'aidez-vous ?

— Pourquoi est-ce que tu n'arrêtes pas de me demander ça ?

— Je suis cassée. Vous avez épousé la mauvaise Néréide. Alors pourquoi ça vous importe si je survis ?

Enfin, une partie du contrôle glissa de son visage. Ses épaules se tendirent, alors que sa mâchoire se crispait.

— Tu veux mourir ?

— Non.

— Alors arrête de me questionner, et fais juste ce qu'on te dit.

J'ouvris la bouche pour répondre, mais il reprit la parole :

— Entraîne-toi avec le vaisseau, aboya-t-il.

Puis il partit dans un éclat lumineux.

CHAPITRE 25

— Il sait, Lily. Il sait depuis toujours.

J'agrippai le gouvernail du navire, fixant l'endroit où Poséidon avait disparu.

C'est une bonne chose. J'aurais dû savoir qu'il serait au courant.

Une rafale de vent a soufflé sur moi alors que j'essayais de contrôler mes émotions agitées.

La voix couinante de Kryvo porta jusqu'à moi.

— Tu pensais qu'il ne savait pas que tu n'as pas magie ?

Je fermai les yeux.

— Tu savais aussi, hein ?

— Eh bien oui.

C'est un souci de moins. Entraine-toi avec le bateau.

J'ouvris les yeux.

— Pourquoi ne me l'a-t-il pas dit ?

Je ne pense pas que tu me croiras, mais je pense qu'il ne voulait pas t'embarrasser.

— Quoi ?

Sinon, je ne vois pas pourquoi il t'aurait laissée mentir.

Je secouai la tête, et le foulard qui retenait mes cheveux

se détacha. Le vent les souleva, leur couleur violette fouettant mes yeux. Je les regardai fixement.

Bien sûr qu'il savait. Je ne ressemblais même pas à une
vraie Néréide.

Entraine-toi avec le bateau.

— Je ne peux pas avoir cinq putains de minutes pour
m'apitoyer sur mon sort ? sifflai-je.

Absolument pas.

— Bon !

Je rattachai mes cheveux en arrière avec colère, puis
serrai les poignées de la roue. Je fis avancer le navire. Ma
colère dut se répandre dans mes instructions, car nous
avançâmes si vite que je tombai immédiatement. J'atterris
sur le côté, mon genou encaissant le choc, et je jurai très
fort.

Concentre-toi, dit Lily.

— Ou cache-toi, proposa Kryvo.

Avec une profonde bouffée d'air pur de l'océan, j'essayai
de me concentrer. Toute ces histoires avec Poséidon
devraient attendre. Lily avait raison. J'avais besoin de me
concentrer pour survivre à la course. Et si j'y parvenais, je
pourrais me récompenser en hurlant tout mon saoul
contre ce connard humide et déconcertant.

J'eus dix minutes pour m'entraîner avec le vaisseau avant
que Poséidon n'apparaisse sur le pont à côté de moi.

— Il est temps, dit-il, sans me laisser aucune chance de
répondre.

Au flash de lumière suivant, nous fûmes de retour sur la
jetée.

Kalypso, Polybotès et Céto étaient là aussi. Le rivage
broussailleux était maintenant noir d'une foule de spectateurs, et à mon étonnement complet, je vis Silos parmi eux,

debout à côté de son père. Quand il eut attiré mon attention, il rayonné et cria avec le reste de la foule, levant haut une bannière.

Ça disait : « Allez Almi ».

Il cria quelque chose qui, selon mes compétences moyennes en lecture labiale, devait être : « tu te débrouilles bien », et je lui adressai un signe de la main avec gratitude.

Il y eut un boum retentissant, et les acclamations de la foule se turent. Tous les navires à quai avaient disparu. Dans une rafale de tourbillons scintillants, cinq nouveaux apparurent, planant à quelques pieds au-dessus de la surface de l'eau.

— Kalypso et son Tourbillon ! rugit la voix d'Atlas.

Des feux d'artifice éclatèrent sur le pont d'un truc qui donnait l'impression de pouvoir survivre à un holocauste nucléaire, sans parler d'une course. La coque était bardée d'une armure argentée étincelante, et des centaines de canons sortaient leurs bouches des hublots bordant les deux côtés. Trois mâts supportaient des voiles solaires gargantuesques, et un harpon était monté sur le haut pont.

Kalypso fit signe à la foule, puis un jet d'eau jaillit de sous la jetée. Elle s'avança gracieusement dessus, et la vague s'élança vers le haut pour la déposer sur le pont du navire de guerre.

De l'acide me brûlait la poitrine, la nervosité me faisant tordre les mains.

— Poséidon et son Tourbillon !

Avec un regard si bref vers moi que j'aurais pu le manquer, Poséidon se transporte sur le pont de son navire dans un flash de lumière.

— Polybotès et son Zéphyr !

Le navire du géant était si grand qu'il semblait avoir un pont aux deux extrémités, très haut, et arborant des roues aussi grosses que des voitures. Le géant trépigna le long de la jetée, s'accroupit, puis s'élança dans les airs. Je n'aurais jamais imaginé qu'un être aussi grand pouvait sauter si haut. Ma bouche s'ouvrit lorsqu'il attrapa un hublot à mi-hauteur de la coque, puis se balança jusqu'au suivant. En quelques secondes, il se hissa par-dessus la balustrade. La foule hulula et applaudit alors qu'il agitait la main.

— Céto et son Typhon !

La déesse de la mer plongea immédiatement depuis la jetée. Un instant plus tard, je vis sa forme glisser contre la coque du seul navire qui ressemblait à une chaloupe, avec une petite voile supplémentaire et une énorme pointe ornant la proue.

Comment diable allais-je monter sur le pont du dernier navire ; le petit Vent-Travers sans prétention ?

Je me sentis étourdie par la nervosité lorsque la voix d'Atlas retentit.

— Et Almi et son Vent-Travers !

Je levai un pied, essayant désespérément de trouver un moyen d'accéder au navire, quand j'entendis la voix de Poséidon dans ma tête.

La boîte à l'arrière.

J'accélérai, courant devant les énormes coques des autres navires, leurs occupants baissant les yeux vers moi sur mon passage. Quand j'eus atteint le Vent-Travers, je vis la caisse avec des fils à l'arrière, mais cette fois, elle était baissée par-dessus le bastingage au lieu de se trouver sur le pont. Était-ce une sorte d'ascenseur ?

Ça s'appelle un transporteur. Entre dedans.

Je vis que l'un des côtés était, en fait, une porte et j'entrai dans la boîte. Comme il ne se passa rien, je posai la main sur le bois et demandai en pensée à monter. Avec un grincement inquiétant, la caisse s'éleva.

Quand elle s'arrêta, je poussai la porte nerveusement.

Le pont du Vent-Travers apparut, la roue se dressant fièrement au milieu

— Merci, putain, marmonnai-je en me dépêchant d'y aller.

Je saisis les poignées.

— Salut, navire. Je m'appelle Almi et j'espère vraiment, vraiment que tu vas m'aider aujourd'hui.

Le bois chauffa sous mes mains, et une vrille de confiance me traversa.

J'en étais capable.

Tu en es capable, acquiesça Lily.

— Il est trop tard pour se cacher maintenant, n'est-ce pas ? dit Kryvo.

— Citoyens de l'Olympe !

Il y eut un autre feu d'artifice de lumière rouge, haut dans le ciel, puis le visage d'Atlas se dessina dans les étincelles.

— Laissez-moi vous dire, ainsi qu'aux concurrents, les règles de la course. Vous verrez des anneaux comme celui-ci...

Un cerceau rouge brillant apparut dans le ciel à côté de son visage.

— ... tout au long du parcours. Au fur et à mesure que vous les traverserez avec votre navire, une carte vous révèlera l'emplacement de la ligne d'arrivée. Quand vous aurez franchi les neuf anneaux, alors seulement vous saurez où terminer la course. Vous trouverez ces anneaux par trois. Le premier à franchir l'arrivée recevra cinq coquilles. Le concurrent qui arrivera deuxième en recevra quatre, le troisième trois, le quatrième en recevra deux et le dernier en recevra un.

L'image de son beau visage sourit, et sa main apparut, tenant une coquille de nautile luisante. La malice brillait dans ses yeux.

— Et croyez-moi quand je vous dis que vous avez besoin de ces coquilles.

Le nombre de coquilles n'avait pas d'importance pour moi. Tout ce que j'avais à faire, c'était de rester en vie.

— Si votre vaisseau quitte les limites de l'Épreuve, vous serez alerté.

Ses yeux brillèrent encore plus méchamment, et je supposai que ce serait une alerte douloureuse.

— Je vais vous aider à commencer. Le premier anneau est à un mile à l'ouest du Sagittaire. Poséidon, tu as gagné le dernier test, alors tu commences. Trois, deux, un, partez !

Le Tourbillon s'envola haut dans les airs, et mon ventre se tordit quand je le vis s'éloigner à toute vitesse, vers l'ouest de l'île. Au bout d'un moment, Atlas reprit la parole.

— Le temps est écoulé. Kalypso, tu peux y aller !

Son Tornade fila après celui de Poséidon.

Polybotès partit ensuite, puis Céto. Quand on eut écoulé mon déficit de quatre minutes et demie, mes mains transpiraient sur les poignées.

— Enfin, Almi !

Son image disparut du ciel alors que je lançais le Vent-Travers dans les airs.

CHAPITRE 26

Le soulagement m'envahit quand le navire s'élevait, les voiles étincelantes brillant de mille feux. Alors que j'éperonnais le navire dans la direction où les autres étaient partis, je me sentis me traverser une bouffée inattendue d'euphorie. Le vent était chaud alors que nous planions dans le ciel, et je pouvais encore sentir l'odeur de l'océan en dessous.

Peut-être que ce n'était pas Poséidon qui avait eu sa place sur le navire, pensai-je alors que le Vent-Travers filait à travers les nuages. C'était peut-être moi.

Les autres navires étaient trop loin devant pour que je puisse les voir, mais il ne fallut pas longtemps avant que je puisse voir quelque chose d'autre, d'un rouge brillant au-dessus de l'eau.

Des cerceaux géants et flamboyants.

— On y va, dis-je.

J'étais peut-être même plus agile que certains autres, étant donné la volonté apparente du vaisseau de suivre mes ordres mentaux.

Le vaisseau se dirigea vers le premier anneau.

Un jet d'eau jaillit de l'océan en contrebas, touchant le flanc de mon navire alors que nous naviguions dans les airs.

Je réprimai un cri de surprise et orientai le vaisseau dans l'autre sens. Si je n'avais pas regardé par-dessus, j'aurais raté le deuxième jet, qui explosa de l'autre côté. En jurant, je faufilai le navire entre eux, en souhaitant avoir plus d'yeux.

— Kryvo ! Peux-tu surveiller ma gauche ?

— Mets-moi sur la roue !

D'une main, j'arrachai la petite étoile de mer de ma clavicule, et la posai sur la roue, tout en essayant d'éviter les jets d'eau. Plus de la moitié d'entre eux me frappaient, retirant toute sa vitesse au vaisseau qui se balançait de gauche à droite.

— Je suis dessus ! Dans trente pieds, il y en a un gros !

Sa voix couinante ne porta jusqu'à mes oreilles que de justesse, mais ce fut suffisant.

Avec son aide, je réduisis de moitié le nombre d'impacts, et aucun jet ne me toucha de pleine fouet.

Nous approchions rapidement du premier anneau lorsqu'un jet se dressa sur notre droite, et je réalisai que celui-ci était différent. Il était rouge.

— Quoi…, commençai-je.

Puis je me figeai d'horreur.

Des crabes. Dans les jets. Des crabes géants, aux yeux perçants et méchants.

— Oh merde, sifflai-je alors qu'ils commençaient à sauter du jet d'eau sur le pont du navire.

L'un d'eux atterrit sur le pont et fonça droit vers moi. Je donnai un coup de pied dans sa direction, lâchent le volant au même moment. Je sentis le navire s'arrêter lorsque ma botte toucha le crabe écarlate et brillant qui m'arrivait au genou. La chose vola en arrière alors que je me remettais au gouvernail.

— Au cerceau ! poussai-je le navire alors que deux autres crabes couraient vers moi.

Ceux qui étaient sur le pont n'avaient pas encore trouvé comment monter les marches, Dieu merci.

Je repoussai les crabes au fur et à mesure qu'ils arrivaient à ma hauteur, mais je n'étais pas assez forte pour les faire passer par-dessus les balustrades, alors ils se redressaient et revenaient. Un autre jet d'eau explosa sur la gauche, et Kryvo me cria quelque chose à propos du fait qu'il fallait l'écouter et ne pas nous faire tuer. D'autres crabes envahirent mon bateau, et quatre autres arrivèrent sur le pont.

Merde. Je ne pouvais pas m'occuper de sept *et* contrôler le vaisseau.

Je pris conscience d'un changement de lumière et levai les yeux des crabes qui faisaient claquer leurs pinces, juste à temps pour voir le navire passer à travers l'un des anneaux.

— Oui !

Je tournai la tête, cherchant une carte.

— La voile ! couina Kryvo.

Là, sur la grand-voile, un dessin à l'encre noire apparaissait. En revanche, je n'eux pas le temps de l'inspecter. Une douleur me traversa le pied, et je baissai les yeux pour voir un crabe juste devant moi, à mordiller mes bottes. Je le lançai aussi fort que possible, et il alla voler contre deux autres. Presque comme des quilles, ils entrèrent en collision et dérapèrent sur le pont.

— Au prochain cerceau ! criai-je au bateau.

Je ne savais pas si ça faisait une différence de le commander à la voix, mais les mots jaillirent quand même.

Je plongeai la main dans une pochette à ma ceinture et

en sortis la même petite boîte qui m'avait sauvé la vie à Oxford. Avec une petite prière, j'appuyai sur le bouton et le jetai sur les planches. L'hologramme éléphant prit vie, sa lumière scintillante tandis qu'il soulevait sa trompe.

Tous les crabes se figèrent. Je les observai juste assez longtemps pour m'assurer qu'ils étaient distraits par l'hologramme, puis je me retournai vers la voile. Heureusement, les jets avaient diminué.

Le coin d'une carte était apparu sur le mât principal, sa noirceur se détachant sur la surface métallique luisante.

J'essayai de comprendre, mais il n'y en avait pas assez pour comprendre quoi que ce soit.

Au lieu de cela, je me concentrai sur le cerceau suivant, vers lequel se dirigeait le Vent-Travers.

J'étais prête, cette fois, quand un jet surgit à notre approche. Celui-ci, cependant, était vert.

M'attendant à des crabes verts, je fis une embardée pour m'éloigner. Les crabes qui étaient déjà sur le pont gazouillèrent avec colère en patinant, et j'eus une idée.

M'agenouillant pour ramasser la puce holographique, j'agrippai la roue avec force.

— Accroche-toi, Kryvo, dis-je.

Puis je demandai mentalement au navire de s'incliner. Il s'exécuta, et les gazouillis des crabes se transformèrent en de minuscules cliquetis stridents alors que le pont tournait à un angle de quatre-vingt-dix degrés. J'enroulai mes bras autour de la roue et me cramponnai, reconnaissante de la force que la fiole de Poséidon m'avait donnée. Il n'y avait pas moyen que je tienne, sinon.

Lorsque tous les crabes se retrouvèrent à crapahuter sur les balustrades désormais à l'horizontale, je retins mon souffle, j'agrippé la roue et j'ordonnai au navire de les faire basculer par-dessus bord le plus rapidement possible.

Avec une secousse, le navire fit exactement cela. Mes

pieds glissèrent sur le pont, et pendant un moment terrifiant, je m'accrochai seulement avec mes bras, mais le bateau se redressa rapidement, me laissant pantelante quand je tombai à genoux.

— Bon travail, haletai-je en caressant le bois. En voilà un navire intelligent.

Un autre jet vert explosa sur ma gauche, et j'étais tellement occupée à me remettre de mes émotions après avoir tourné le vaisseau de côté que je n'eus pas le temps de réagir.

Je bondis sur mes pieds alors que les animaux sautaient de l'eau vers mon bateau.

Et ce n'étaient pas des crabes cette fois.

C'étaient des homards. D'énormes choses vertes, avec des pinces encore plus coupantes et des queues qui s'enroulaient derrière elles comme celles des scorpions.

— Oh là là. Kryvo, tu es bien accroché, là où tu es ? lui demandai-je en donnant un coup de pied à un homard-scorpion-machin qui approchait rapidement.

— Oui ! cria-t-il.

— C'est reparti, alors.

Au moment où nous traversâmes le cerceau suivant, tout ce roulis me rendit malade. Mes muscles des bras commençaient à me faire mal à chaque fois que je me cramponnais, mais ça marchait. Le navire renversait les viles petites créatures du pont chaque fois que je le lui demandais.

Je n'étais pas sûre de savoir quand j'avais décidé que le vaisseau était féminin, mais j'étais sûre que c'était le cas.

— Le dernier, haletai-je, poussant le vaisseau vers le dernier anneau rouge étincelant.

Alors que le navire se rapprochait, je réalisai avec un

éclair d'espoir que je pouvais en voir un autre. Avais-je vraiment rattrapé quelqu'un ?

Alors que le Vent-Travers filait plus près, je vis que l'autre vaisseau ne bougeait pas. C'était le Zéphyr, et l'un de ses ponts se noyait sous des carapaces géantes rouges et vertes.

Quand nous le dépassâmes à toute allure, je vis un énorme poing jaillir de la mer de pinces claquantes, et des crabes et des homards-scorpions volèrent dans les airs. Je ressentis une pointe de pitié envers le géant, mon instinct naturel me donnant envie de m'arrêter et de l'aider avant que l'homme ne soit blessé.

Mais mon objectif était de rester en vie, et ce n'était pas comme si je pouvais vraiment faire quoi que ce soit pour améliorer sa situation.

Nous accélérâmes, et je gardai les yeux grands ouverts et alertes, prête pour quand les prochains jets jailliraient de l'océan. Il ne se passa rien, cependant. La surface de la mer était d'un calme trompeur, le ciel clair et lumineux, sur lequel dérivaient des nuages couleur corail.

Nous traversâmes l'anneau sans problème, et de nouvelles lignes encrées se répandirent sur les belles voiles, dessinant davantage la carte. Cela aurait pu être le tiers inférieur d'une île. J'essayai de me souvenir de la carte de l'Olympe, pour savoir si c'était le Sagittaire. Nous n'irions sûrement pas trop loin de notre point de départ ?

Je sentis le navire ralentir et je fronçai les sourcils, alarmée.

Merde. Je ne savais pas où aller. C'était le prochain obstacle, réalisai-je. Regardant à gauche et à droite, j'essayai de distinguer tout signe de navires au loin. Tout ce que je pouvais voir, c'était le vert du Sagittaire à ma droite et l'océan dégagé à ma gauche.

En haussant les épaules, je dirigeai le navire vers la

gauche. C'étaient les Épreuves de Poséidon après tout, donc l'océan était une option aussi valable qu'une autre.

Je pris le risque de retirer mes mains du gouvernail, me précipitant vers le bastingage pour regarder par-dessus. Rien d'autre qu'une mer d'un bleu éclatant, des vagues écumeuses dansant à la surface. Je retournai au volant et ne baissai pas ma garde, à la recherche de tout signe des anneaux.

Je commençais tout juste à m'inquiéter d'être allée dans la mauvaise direction lorsqu'une douleur me traversa tout le corps. Kryvo commença à couiner, et je tournai sur moi-même, essayant de comprendre ce qui se passait. Tout le vaisseau vibrait, et l'avertissement d'Atlas me revint en mémoire : *si vous sortez des limites de la course, vous serez alerté.*

J'eus à peine la présence d'esprit de diriger le navire dans la direction opposée, tant la pression était forte sous mon crâne. Dès que nous fîmes demi-tour vers l'île, la douleur diminua et s'estompa enfin.

— Ça va, Kryvo ?

— N…n…non.

— Je suis désolée.

— C'est une matinée très stressante.

Sa voix était minuscule, et je me sentis mal de lui avoir fait subir ça. Pour qu'il se sente mieux, ou du moins pour le distraire, je pointai la voile du doigt.

— Des idées à propos de cette carte ?

— Je vais jeter un œil, dit-il d'une voix tremblante.

— Merci.

Je ne savais pas combien de temps j'avais perdu à naviguer dans la mauvaise direction, mais ce n'était pas vraiment un problème si j'arrivais dernière, alors j'essayai de ne pas laisser cela me déranger. Gardant les yeux ouverts à la recherche d'anneaux rouges, je soulevai en pensée le navire au-dessus de l'océan. Mes yeux s'arrêtèrent sur une tache sombre dans le ciel, vers le nord du Sagittaire. Elle se détachait du reste de la vue lumineuse, et j'orientai le vaisseau dans cette direction. C'était une tempête, réalisai-je alors que nous nous rapprochions. Une petite tempête isolée qui transformait cette partie de l'océan en une masse de puissance agitée et bouillonnante.

Mais il y avait aussi autre chose, qui scintillait et accrochait la lumière de temps en temps – des éclairs de rouge. Les anneaux.

Avec un accès d'appréhension presque handicapant, j'ordonnai au navire de voler dans la tempête.

Dès que le navire passa sous la pluie, je sus que j'avais des ennuis. Un vent aussi fort qu'un bélier percuta la coque, et le navire fit une embardée.

— Almi ?

La voix hésitante de Kryvo était à peine audible par-dessus le bruit de la pluie qui battait le pont.

— Ça n'ira pas !

— Nous allons juste traverser les anneaux et sortir d'ici ! hurlai-je en retour.

Mais je pouvais à peine diriger le bateau, la pluie et le vent étant si puissants. La mer tourbillonnait à moitié en dessous de moi, tellement agitée. Je voulus faire monter le navire plus haut, afin de rester à l'écart des vagues turbulentes, mais les anneaux étaient dangereusement proches de la surface.

Évidemment…, pensai-je d'un ton hargneux.

Je ne pouvais empêcher la pluie de me fouetter la figure, et j'avais donc du mal à y voir clair sans constamment essuyer l'eau de mes yeux.

Avec ce qui me sembla une douloureuse lenteur, nous

nous rapprochâmes du premier anneau. Le bas du cerceau effleurait pratiquement les vagues bouillonnantes.

— Presque là ! lançai-je à Kryvo, autant pour m'encourager moi-même que lui.

Je clignai des yeux à travers la pluie battante quand un éclair illumina mes alentours. Là, devant moi, en train de naviguer à travers l'anneau le plus éloigné, se trouvait un navire. Un navire avec une coque métallique.

Était-ce Poséidon ou Kalypso ?

Dans les deux cas, je n'arrivais pas à croire que j'en avais rattrapé un. Les deux Tornades avaient commencé la course en premier.

Stimulée par la révélation que je n'étais peut-être pas aussi merdique que je le pensais, je guidai le vaisseau à travers le premier anneau. Quelque chose cogna contre la coque, et nous basculâmes sur le côté.

— C'était quoi, ça ?

Le couinement terrifié de Kryvo me parvint aux oreilles.

— Je ne sais pas et je ne veux pas savoir.

J'essayé de faire remonter le navire, de mettre un peu de distance entre nous et la surface de la mer avant d'arriver au prochain anneau, qui était facilement à un demi-mille de distance, mais il devenait difficile à contrôler. C'était comme si la tempête était des sables mouvants, et il me fallait toute ma concentration pour faire passer le Vent-Travers. À la seconde où j'étais distraite par quelque chose, le navire ralentissait à une allure rampante, retombant lentement vers l'eau.

Le bruit sourd retentit de nouveau contre la coque, et je suppliai le navire de s'élever plus haut au-dessus de la mer.

— Allez ! Tu voles, et tu voles si bien ! Monte !

Ma supplique urgente sembla fonctionner, et nous nous

élevâmes plus haut, laissant derrière nous l'attraction de la mer.

Je poussai un petit soupir de soulagement alors que nous nous dirigions plus librement vers le prochain anneau, mais ce soulagement fut de courte durée. Nous étions montés assez haut pour que je puisse voir ce qui sautait entre les vagues en dessous de nous, et mon estomac se serra.

Des Sangs-pourris. C'était ça qui avait heurté le flanc du navire. Leurs yeux diaboliques étaient fixés sur la coque tandis qu'ils plongeaient dans et hors de l'eau, en faisant claquer leurs énormes mâchoires. Au moins trois d'entre eux étaient visibles dans les vagues, avançant à notre rythme.

— Oh merde. On ne veut pas prendre le risque de s'approcher de l'eau trop longtemps.

La pluie tombait de plus belle, et je commençais à avoir froid. Mes mains étaient engourdies autour des poignées de la roue, et mes dents claquaient tandis que je jurais à haute voix.

À contrecœur, je fis descendre le navire pour nous approcher de l'anneau suivant. Le bruit commença aussitôt. Alors que les requins battaient les flancs de la coque, un vent frénétique tirait sur la voile, me forçant à tout donner pour stabiliser le vaisseau avec mon esprit.

D'un coup, la pluie s'épaissit, un torrent d'eau déferlant sur nous lorsque nous traversâmes l'anneau rouge brillant, à peine visible dans la tempête, maintenant.

D'autres éclairs illuminèrent l'horizon, et je cherchai le Tourbillon, mais je ne pouvais même plus voir l'anneau suivant.

Craignant de perdre mes repères et de voler à travers celui que nous avions déjà franchi, je m'essuyai la figure avec colère, souhaitant que ma vue soit meilleure.

— Kryvo ! Tu sais où se trouve l'anneau suivant ?

— Non !

Un éclair bleu et or attira mon attention dans le gris, et je rivai les yeux dans cette direction.

— Bleu !

La pluie fouettait le pégase dont les ailes battaient sauvagement. Ses yeux se fixèrent sur les miens, et je sus instantanément qu'il ne pourrait pas rester longtemps dans la tempête. Il tourna dans les airs et vola vite.

— Suis Bleu ! commandai-je au navire.

Ma bouffée d'énergie reconnaissante dut se déverser dans le vaisseau, car, cette fois, il fut plus facile de sortir des vagues aimantées et de se frayer un chemin à travers la tempête.

Lorsque le dernier anneau apparut, j'étais engourdie de froid. Le cerceau final touchait même la surface de la mer, les vagues furieuses clapotant contre le bas incurvé. Du rouge de sang-pourri darda, et je vis qu'ils sautaient eux-mêmes à travers le cerceau, presque pour se moquer de notre course.

Fronçant la figure, je fis descendre le vaisseau, visant l'anneau.

Je m'attendais au martèlement des sangs-pourris contre le vaisseau, mais il n'y eut rien. Alors que nous plongions, je perdis de vue la mer en contrebas et me concentrai sur l'anneau lumineux à travers la pluie.

Une furieuse rafale de vent s'abattit sur le navire, et la voile se gonfla, nous faisant dévier de notre route. Tout le navire bascula de façon alarmante, et je puisai profondément dans mes réserves, essayant désespérément de le maintenir debout.

Je nous vis, presque au ralenti, basculer dans l'autre sens, et une vague vint s'écraser sur nous, plus haut que la coque. Il était trop tard pour s'écarter et, en plus, nous avions atteint l'anneau.

— Accroche-toi, Kryvo, criai-je alors que la vague déferlait sur le pont.

L'eau était glaciale et m'aspergea de la tête aux pieds, m'arrachant presque à la roue. Je hoquetai pour reprendre mon souffle lorsque la vague fut passée, ma concentration s'était interrompue et le navire avait ralenti. Une autre méchante rafale de vent nous prit, et nous tanguâmes fort. J'eus à peine le temps de voir le mât basculer vers le bord de l'anneau rouge avant qu'une deuxième vague ne nous submerge – d'une telle puissance qu'elle entraîna tout le navire, assez bas pour que je puisse voir les silhouettes des requins démons qui nous attendaient. C'était pour cela qu'ils ne cognaient pas contre la coque. Ils n'en avaient pas besoin. Ils attendaient que je sois emportée et jetée dans l'océan mortel.

Et ils étaient sur le point de voir leur souhait se réaliser.

Je fus vaguement consciente du fait que le haut du mât s'accrochait à l'anneau, puis je fus éjectée loin du gouvernail quand une autre vague frappa le Vent-Travers.

Mes doigts engourdis crièrent en signe de protestation quand on les arracha aux poignées, et je n'eus pas le temps de hurler avant de rouler sur le pont maintenant vertical. Je percutai les balustrades, et pendant une seconde, je crus être sauvée. Mais ensuite, de l'eau glacée s'éleva autour de moi et je réalisai que le bastingage s'effondrait. Le navire chavirait.

CHAPITRE 28

Je tentai de poser les pieds sur les balustrades latérales, mais la pluie battante m'empêchait de trouver une prise.

— Kryvo ! criai-je.

Mais j'étais trop loin de lui pour entendre quoi que ce soit, et le vent hurlait.

Des éclairs rouges attirèrent mon attention, et je sus que ce n'était pas l'anneau. Je grimpai le long de la balustrade à mesure qu'elle coula, essayant de me hisser sur le pont, mais c'était incroyablement abrupt. Si je ne m'écartais pas, je serais aspirée sous le vaisseau. Mais si je me jetais dans l'océan avec les requins, c'était une mort aussi sûre que la noyade.

Contrôle le navire !

La voix de Poséidon hurla dans mon esprit, si fort que ça me fit mal.

Contrôler le vaisseau ? Est-ce que je pouvais vraiment le faire obéir comme ça ?

Agrippant les lattes de bois du bastingage, je suppliai le navire de s'élever.

— En haut ! Monte ! Emporte ce putain d'anneau avec toi s'il est coincé ! criai-je au bateau.

Une vague s'écrasa au-dessus de ma tête, me submergeant complètement, et je me cramponnai aux barreaux alors que mon corps en était arraché. Le pont était à la verticale derrière moi, me prenant au piège, et je vis les sangs-pourris filer dans l'eau dans ma direction.

J'avais moins d'une seconde avant qu'ils n'arrivent jusqu'à moi.

L'eau tourbillonnait entre moi et le requin, puis Poséidon apparut, me tournant le dos, face au prédateur. Il leva une lance et la lança sur le requin. Se retournant, il se déplaça dans l'eau comme un éclair, ses yeux bleu électrique dans l'eau grise. Il m'attrapa par le bras, me tirant de la balustrade alors qu'un courant d'eau commençait à nous emporter par en dessous. Nous transperçâmes la surface ensemble, glissant sur la vague comme sur une sorte de planche de surf. Tandis qu'il me serrait contre son corps, nous volâmes dans les airs et, par-dessus son épaule, je vis une deuxième vague s'élever sous le Vent-Travers et le soulever de l'océan. Avec une poussée, le navire s'arracha du cerceau, puis se précipita après nous sur sa propre vague. Nous émergeâmes des limites de la tempête, et j'eus le souffle coupé quand la pluie disparut, un ciel pastel brillant et calme au-dessus de nous.

La vague sur laquelle nous surfions fit une embardée, nous déposant sur le pont du Vent-Travers maintenant redressé.

Poséidon agrippa mes épaules et me tint à bout de bras, vérifiant chaque centimètre de mon corps.

— M… m… merci, hoquetai-je.

J'avais si froid que je pouvais à peine bouger mes membres, et j'étais à peu près sûre d'être en état de choc.

— Tu as failli mourir, grogna Poséidon.

Je n'avais jamais vu ses yeux aussi sauvages, comme la tempête dont il venait de me sauver. Je le dévisageai. De la chaleur commençait à s'infiltrer en moi par là où il me tenait, et maintenant que nous étions sortis de la tempête, je pouvais sentir ma force revenir lentement.

— Tu m'as sauvée. De nouveau.

— Almi.

L'émotion étrangla ses paroles, et je clignai des yeux vers lui. Il ressemblait à un dieu en tout point, féroce et solide, et débordant d'une puissance aveuglante et mortelle. Pourtant, en même temps, il avait l'air complètement impuissant.

— Je te sauverai toujours.

Avant même que je puisse comprendre ces mots, il m'attira à lui, prenant mes lèvres avec les siennes. Le désir explosa en moi alors qu'il m'embrassait, comme aurait pu le faire un homme qui n'avait rien à perdre, ou un homme affamé, ou un homme qui n'avait jamais ressenti une telle envie.

Et je l'embrassai en retour, ma propre férocité égalant la sienne. Je me serrai contre lui, désespérée de sentir chaque partie de son corps, pour qu'il soit aussi près de moi qu'il était physiquement possible.

Il était juste comme il fallait. De toutes les manières. Et je ne savais pas comment j'avais fait pour ne pas savoir que ce sentiment était possible.

Avec une poussée brutale, il recula, brisant le baiser. Mes lèvres picotèrent, et je restai bouche bée devant lui, rouge et étourdie, le désir martelant mon corps et s'accumulant entre mes jambes de la manière la plus étrange et la plus incroyable.

— Non, ça ne peut pas… J'ai cru que j'allais te perdre. Je suis désolé. Je suis désolé, Almi.

— Attends !

Mais c'était trop tard. Avec un flash de lumière blanche, il disparut.

— C'est quoi, ce bordel !

Le juron jaillit de mes lèvres, et je me pris la tête à deux mains sous la frustration, tremblant de tous mes membres.

Un couinement attira mon attention, et je balayai le pont du regard.

— Merde, Kryvo !

Je montai les marches deux à deux, stupéfaite d'avoir l'énergie de le faire, et je vis l'étoile de mer rouge encore cramponnée à la roue.

— Kryvo, oh là là, je suis désolée.

— On a... s... survécu ?

— Oui. Poséidon nous a sauvés, dis-je en secouant la tête. Puis il m'a embrassée comme si j'étais sa vraie femme et qu'il n'avait jamais autant désiré quelqu'un de sa vie, puis il a foutu le camp.

L'étoile de mer s'arrêta dans ses frissons.

— Il a fait ça ?

— Ouais.

Je m'effondrai sur les planches, ayant besoin d'une seconde pour m'asseoir.

— Sommes-nous toujours dans la course ?

— Oui. Mais on a failli se noyer et se faire manger.

Et j'ai été embrassée par un homme que je pensais détester et que c'était réciproque.

— Je m'en fiche, si nous arrivons en dernier. Je besoin d'un moment.

J'entendis un bruit d'ailes, puis Bleu atterrit sur le pont à côté de moi. Il secoua sa crinière alors que je levais les yeux vers lui.

— Salut, Bleu. Merci pour ton aide, là-dedans.

Il hennit.

— Ça t'énerve, les sautes d'humeur de Poséidon ? demandai-je au pégase.

Il tapa du pied.

— Ouais, peut-être que c'est juste moi. Cet homme est compliqué.

Je semblais plus secouée par le baiser que par le fait que mon navire avait chaviré dans la tempête et presque livrée aux sangs-pourris. Je ne savais pas ce que cela disait de moi.

— Qu'on en finisse avec ça, dis-je en essayant de me ressaisir.

J'étais parfaitement consciente que j'évitais d'appeler l'image de Lily, un peu comme si je n'étais pas prête à entendre son opinion sur ce qui venait de se passer. J'avais besoin que mes émotions restent privées et n'appartiennent qu'à moi, un peu plus longtemps. Jusqu'à parvenir à leur donner un sens. Et je ne pouvais pas faire ça ici, car il fallait que je survive à cette stupide Épreuve.

Je me levai, traînant mon cul tremblant et désorienté sur les planches. Le désir palpitait toujours en moi, et je pouvais sentir la présence du dieu sur mes lèvres, son regard sauvage brûlant dans mon cerveau.

Je secouai la tête en serrant fort la mâchoire.

— Plus tard, me dis-je à haute voix. Occupe-toi de ça plus tard. Maintenant, il faut se concentrer.

Je regardai autour de moi le ciel dégagé. Bleu tapa des sabots et renâcla.

— Tu sais où nous allons ensuite, Bleu ?

Il courut quelques foulées sur le pont, puis s'élança dans les airs, ses ailes dorées éblouissantes sous la lumière.

— Suis le pégase, dis-je au vaisseau en reprenant ma position à la barre, essayant de contenir mes pensées à propos de Poséidon là où elles ne pourraient pas me distraire de la tâche mortelle à accomplir.

CHAPITRE 29

près quelques minutes, nous survolions la côte ouest du Sagittaire, une chaîne composée de seulement trois montagnes à ma droite. Mais qu'est-ce qu'elles étaient grandes ! Collées en bas, elles s'étalaient comme une immense crête dans le paysage, et elles auraient été recouvertes de neige dans le monde humain, mais ici, elles étaient tapissées d'une nappe de verdure.

Bleu plongea devant nous, et j'ordonnai au vaisseau de descendre et de prendre de la vitesse pour le suivre. Elle répondit immédiatement, et le vent me piqua les yeux quand nous accélérâmes. Ce n'était pas la même sensation, ni les mêmes parfums ou la même ouverture de naviguer sur la terre que sur l'eau.

Le pégase fit un plongeon soudain, ses ailes dorées capturant la lumière du ciel alors qu'il s'éloignait à ma vue.

Je lâchai la roue et me dirigeai vers la rambarde, le navire ralentissant à mes gestes. Bleu était là, à donner des coups de sabots dans le sable, sur la plage en contrebas. Nichés là se trouvaient également trois coffres au trésor massifs, séparés par de grands palmiers. Un sentiment d'appréhension m'envahit au calme tranquille de la scène ci-dessous.

— Il faut que je descende à la plage, Bleu ? appelai-je alors que le navire s'arrêtait doucement.

Je n'entendis pas le Pégase, mais il hocha la tête, la crinière agitée, et piétina le sable.

— Oh là là.

Je n'avais vraiment, vraiment pas envie de descendre du vaisseau. Mais si c'était ce qu'il fallait faire pour cette Épreuve, alors c'était ce que j'allais faire.

— Allons-y, Kryvo, dis-je en ramassant la petite étoile de mer.

— Je préfère rester ici, couina-t-il.

Je le portai à mon visage.

— Et si j'ai besoin de ton aide ?

Il poussa un couinement ondulant que je pensai être son équivalent d'un soupir.

— Je vais t'accompagner, dit-il à contrecœur.

— Merci, mon pote.

Je le posai sur ma clavicule et me dirigeai vers l'ascenseur à l'arrière du pont. J'entrai dans la caisse en bois branlante, je tirai le volet dessus et lui ordonnai en pensée de s'abaisser. Il le fit immédiatement.

Le sable était à quelques pieds au-dessous de moi lorsqu'il cessa de bouger, le Vent-Travers planant à la hauteur d'une personne au-dessus du sol, et le transporteur tombant juste plus bas que sa coque.

Prudemment, je sautai à terre. Le sable doux et poudreux amortit le bruit sourd de mon atterrissage et je me redressai. Bleu trotta vers moi, puis se tourna ostensiblement vers les coffres.

Maintenant que j'étais ici, ils semblaient encore plus gros. Ils semblaient également placés là délibérément, avec des palmiers entre eux et de gros rochers qui protubéraient de ce qui ressemblait à de la jungle derrière eux. Le vent souffla sur mon visage, charriant l'odeur de la mer, et je me retournai instinctivement pour vérifier si des crabes démons, ou des requins, ou quoi que ce soit d'autre sortaient de l'eau pour me manger.

Il n'y avait rien d'autre que de douces vagues qui clapotaient sur le rivage sablonneux.

Je me retournai vers les énormes coffres au trésor et marchai prudemment vers l'un d'eux. Mon pied heurta quelque chose de dur dans le sable, et je baissai les yeux.

Un os. C'était un os long, tout nettoyé et de couleur ivoire.

— Hum. S'il vous plaît, faites que ça n'appartienne pas à l'un des autres concurrents, marmonnai-je. Sauf peut-être Céto.

— Je ne suis même pas sûre qu'elle ait des os, déclara Kryvo.

Je levai les yeux vers le ciel, cherchant d'autres navires, même si j'étais sûre d'être bien derrière tout le monde après la tempête. À moins, bien sûr, que Polybotès n'ait jamais échappé aux crabes.

Bleu hennit, attirant mon regard vers le bas.

Je me raidis et me dirigeai résolument vers le premier coffre, en le regardant avec méfiance.

Il était presque aussi grand que moi et fait d'un bois riche et brillant. Il ne semblait pas avoir d'âge du tout. Quand je bougeai, la lumière accrocha le bois, et je vis un léger miroitement bleu-vert. Des bandes de fer bordaient le sommet arrondi, et il semblait qu'il aurait pu provenir d'un tournage de film de pirates

À l'exception de l'endroit où aurait dû se trouver le cadenas. Là, il n'y avait qu'une plaque de bronze brillante avec un mot gravé dessus.

— Raie.

Je fronçai les sourcils, puis reculai, prenant garde à ne rien toucher. Le second brillait rouge dans la lumière, et la plaque devant disait « algues ». Le dernier coffre brillait violet, et il était écrit « coquillage » dessus.

— D'accord, dis-je à haute voix en mâchonnant ma lèvre tout en me grattant le menton. Putain, qu'est-ce qu'on est censés faire, maintenant ?

— Y a-t-il autre chose ici ? couina Kryvo.

Je tournai lentement sur moi-même, à l'affût.

— Oui !

Là, épinglée sur un palmier, se trouvait une feuille de papier, son léger flottement dans la brise attirant mon attention. Je me précipitai dessus, l'arrachant de l'épingle.

Au terme du voyage, tu arrives à trois coffres
L'un te libèrera, la meilleure des trois offres
Gare au feu qui fait rage dans une de ces malles
Unis dans l'autre coffre, la vengeance et le mal
Et si tu t'avisais de faire le mauvais choix
Sans doute, ce voyage serait la fin pour toi.

Je clignai des yeux en lisant les mots, puis je les lus à haute voix pour Kryvo.

— Alors, on doit ouvrir un des coffres ?

— Oui. Celui qui ne nous tuera pas.

— Et… comment diable on est censés savoir lequel c'est ?

L'étoile de mer fit à nouveau son soupir.

— On peut résoudre ce problème. Ça dit que chacun est différent, non ?

Je hochai la tête.

— Ouais.

— Qu'est-ce qu'ils ont de différent ?

— Ils brillent tous d'une couleur différente, et ils ont des mots différents écrits dessus. Coquillage, raie et algues.

Je scrutai l'énigme dans mes mains, cherchant quelque chose que j'avais raté.

— La vengeance et le mal. On dirait…

— Quelque chose que nous voulons éviter à tout prix ? proposa Kryvo.

— Ouais.

Une légère panique commençait à me faire trembler. Nous ne pouvions pas nous contenter de partir. Il y avait une chance sur trois qu'on se trompe et qu'on meure. Et contrairement aux geysers et à la tempête, je ne pouvais pas simplement prendre mon courage à deux mains et voler tout droit dedans, en espérant le meilleur. Ce défi me donnait le temps de réfléchir, le temps de me questionner. Le temps que la peur s'installe.

— Lis-le une fois de plus, déclara Kryvo.

Je le fis, fixant les mots, en espérant qu'ils me donneraient plus.

— J'aime les coquillages, dis-je, inutilement.

— J'aime les raies, répondit l'étoile de mer, tout aussi inutilement.

J'expirai, regardant à nouveau entre les trois coffres. J'avais l'habitude de résoudre des énigmes sur mon téléphone quand je m'ennuyais dans ma caravane. Je pourrais sûrement résoudre ce problème ?

— Peut-être que c'est un jeu de mots, murmurai-je, regardant l'énigme, essayant autre chose.

Au terme du voyage, tu arrives à trois coffres
L'un te libèrera, la meilleure des trois offres
Gare au feu qui fait rage dans une de ces malles

Unis dans l'autre coffre, la vengeance et le mal
Et si tu t'avisais de faire le mauvais choix
Sans doute, ce voyage serait la fin pour toi.

Je le vis en un instant, laissant échapper un cri de triomphe.

Kryvo couina de surprise.

— Ne fais pas ça ! avertit-il.

— Mais Kryvo, regarde ! dis-je en levant le papier. *C'est un jeu de mots.* Regarde la première lettre de chaque ligne !

L'étoile de mer lut lentement chaque lettre.

— Ça dit : algues.

Souriant comme une idiote, j'avançai à grands pas vers le coffre dont la plaque disait « algues ».

— Qui a besoin d'être sauvé maintenant ? rayonnai-je.

Je posai la main sur ma poitrine et regardai autour de moi, ne sachant pas comment annoncer ma sélection.

— Celui-ci, dis-je à haute voix.

Je ne savais pas du tout si c'était ce que j'étais censée faire, mais ça valait la peine d'essayer.

Il y eut un fort cliquetis, et avec une lenteur doulou-reuse, le coffre s'ouvrit en grinçant. Juste au moment où je pensais que rien n'allait se passer, des étincelles rouges jaillirent dans les airs du coffre ouvert. Elles dansèrent un instant dans le ciel, puis filèrent plus haut, formant trois grands cerceaux.

— Oui !

Je me tournai vers Bleu, en souriant, et un fort gronde-ment retentit. Le pégase hennit, puis s'envola, battant fort des ailes pour compenser son manque d'élan.

Un battement de cœur plus tard, et j'aurais voulu pouvoir voler aussi.

Le sable sous mes pieds bougeait. S'enfonçait.

— Merde.

Je courus, activant mes bras et mes jambes. Chaque pas me donna l'impression de mener une bataille, le sable aspirant mon corps. Je jetai un coup d'œil par-dessus mon épaule, envahie par la peur quand je vis les coffres à moitié submergés dans les sables mouvants.

Je m'étais élancée juste assez vite pour être emportée par mon élan, mais mon vaisseau semblait à un foutu mille de distance, tandis que le sable s'effondrait de plus belle.

Bleu surgit devant moi, agitant sa queue, et je ne m'interrogeai pas sur ses intentions.

Je tendis la main et l'attrapai, et il battit des ailes, sa force m'aidant à aller plus vite sur le sable.

— Tu es une putain de légende, Bleu ! lui criai-je, tricotant furieusement des jambes alors que nous nous rapprochions du transporteur qui pendait à l'arrière du Vent-Travers.

D'un bond désespéré, je lâchai la queue de Bleu et me jetai dans la caisse. Atterrissant durement sur mon épaule, j'entendis craquer du bois et je crus que le fond allait céder sous mon poids. Retenant mon souffle, j'attendis de tomber dans le sable mortel, en dessous.

— Almi ? couina Kryvo quand rien ne se passa. S... s... s'il te plaît, emmène-nous jusqu'au pont.

— Bonne idée, dis-je en expirant fort, mon cœur battant si vite que je crus qu'il allait s'échapper de ma cage thoracique. Je ne suis pas faite pour courir aussi vite.

Je me sentis malade alors que je demandais au transporteur de nous embarquer, mais le soulagement remplaça vite la nausée lorsque je sortis en tremblant sur les planches solides du navire.

Je me dirigeai vers le gouvernail et refermai les doigts autour des poignées, en sentant mes mains trembler un peu moins à la chaleur maintenant familière que le navire me procurait.

— Fais-nous passer les anneaux, s'il te plaît, murmurai-je au navire.

Nous virâmes en nous élevant, puis elle traversa les anneaux étincelants, un par un. J'étais crispée, à attendre la prochaine attaque sournoise, mais il semblait que les sables mouvants avaient été jugés suffisamment difficiles pour le moment. Nous traversâmes les anneaux sans être gênés.

Je regardai l'encre s'étaler davantage sur les voiles solaires, en penchant la tête sur le côté lorsque les trois dernières sections de la carte apparurent, puis fusionnèrent pour devenir quelque chose de lisible.

— Des idées, Kryvo ?

— Oui. Tu vois ces trois formes autour de la croix ?

Je regardai la carte, et la voile se gonfla, comme si elle essayait de m'aider. Le dessin donnait l'impression qu'on avait zoomé très près d'une partie de l'Olympe, et il y avait une croix géante au milieu de trois formes à peu près rondes. Quelque chose bougeait sous la croix, l'encre tourbillonnant sur le tissu scintillant de la voile.

— Oui.

— Je crois que ce sont trois petits volcans de l'autre côté du Verseau, la partie nord-est du Scorpion.

— Ah ouais ?

— Tu veux que je te montre la carte de l'Olympe, que je vois dans le palais par l'intermédiaire de mes amies, les étoiles de mer ?

Je secouai la tête.

— Non, je te fais confiance.

Bleu était avec nous depuis trop longtemps maintenant pour avoir vu où les autres concurrents étaient allés avant nous, alors je supposai qu'il ne pouvait pas nous aider.

Mais la petite étoile de mer avait tout réussi jusqu'ici, et je n'avais plus aucune raison de nous retenir plus longtemps.

Je souhaitai que le navire aille vers l'ouest. L'encre glissa de nouveau sur la carte, comme si elle zoomait davantage sur la croix. Cela signifiait-il que nous allions dans la bonne direction ?

Ce qui bougeait sous la croix grossissait.

Plus nous volâmes, plus les rafales d'air frais de l'océan apaisèrent ma nervosité en feu. Je refusais de penser au baiser ou à quoi que ce soit qui ait un quelconque rapport avec Poséidon, me concentrant uniquement sur le fait d'arriver à destination. À plusieurs reprises, la carte commença à dézoomer au lieu de se rapprocher, et j'ajustai notre cap. Plus nous nous rapprochions de la croix, plus la chose en dessous devenait nette.

C'était un crâne, réalisai-je une fois que la croix et les trois représentations des volcans dominèrent la majeure partie de la carte.

— Que penses-tu que le crâne signifie ?

— Que *crois-tu* que cela signifie ? couina Kryvo. Il y a quelque chose là-bas qui va essayer de nous tuer.

CHAPITRE 30

Quelques instants plus tard, brillant au loin, nous vîmes la ligne d'arrivée. C'était une longue ligne étincelante, faite des mêmes étincelles que tous les cerceaux, les pointes de trois volcans visibles au loin.

En plissant les yeux, je pus distinguer trois petits points planant de l'autre côté de la ligne rouge. Des navires qui avaient déjà terminé la course, présumai-je. Et il n'y en avait que trois, ce qui signifiait qu'il y avait quelqu'un derrière moi. *Ou qu'il était mort.* Je me surpris à souhaiter que l'un des navires de l'autre côté soit le Tourbillon de Poséidon.

Je résistai à l'envie de propulser le Vent-Travers vers l'avant, prenant mon temps pour scruter la mer en dessous de moi, à la recherche de tout ce qui, selon Kryvo, pouvait rôder dans ces eaux. Je n'étais pas pressée. Et franchement, j'étais étonnée de ne pas être dernière.

Bien que je n'aurais même pas survécu sans les interventions de Poséidon. *Encore une fois.*

— J'ai besoin d'apprendre à sauver mon propre cul, marmonnai-je.

— Ou à te cacher.

Je roulai des yeux à l'attention de l'étoile de mer. Un grognement profond parvint à mes oreilles, et Bleu passa au-dessus de nous.

— C'était quoi, ça ? demanda Kryvo avec hésitation.

Je souhaitai que le vaisseau s'élève un peu plus haut, et un peu plus vite.

— Je ne sais pas, répondis-je, alors que le grognement devenait plus fort.

Le tonnerre éclata soudainement, puis quelque chose jaillit de l'eau devant nous. Des planches de bois, réalisai-je en écartant instinctivement le Vent-Travers.

Ma bouche s'ouvrit quand je vis pleuvoir les débris d'un navire devant nous, avant de retomber dans les vagues en contrebas.

— Oh mon dieu, soufflai-je, essayant de résister à l'envie de courir pour regarder par-dessus le bord du navire. C'est quel navire qui a été détruit ?

— Et par quoi ?

La voix de Kryvo flageolait de peur, et je sursautai lorsque les sabots de Bleu atterrirent bruyamment sur le pont.

Je me tournai vers lui et vis qu'il piétinait avec inquié-tude, secouant la tête et renâclant continuellement.

Un profond malaise me saisit.

— Qu'est-ce qui ne va pas, Bleu ?

Il hennit bruyamment – un bruit douloureux.

Je n'aurais pu dire comment je compris ce qu'il essayait de me dire, mais c'était le cas.

Poséidon. C'est le vaisseau de Poséidon.

Lâchant la roue, je courus jusqu'au bord de la balus-trade et regardai par-dessus.

. . .

À quelques mètres sous l'eau cristalline, je vis le dieu de la mer. Et je vis, enroulée autour de lui, la queue de quelque chose qui semblait sortir tout droit d'un film de *Jurassic Park*.

La terreur me figea les muscles, et je vis avec horreur Poséidon surgir au-dessus de la surface de la mer, puis retomber avec une force qui aurait tué un humain.

La créature était plus grande que mon vaisseau et avait la forme d'un crocodile dans sa moitié inférieure, sa queue barbelée enroulée autour de Poséidon. Sa moitié supérieure évoquait un dinosaure, son long museau reptilien rempli d'énormes dents, et ses yeux globuleux d'une intelligence farouche. Six bras ressemblant à des pattes de crabe, articulés et terminés par des pointes à l'aspect féroce, lui sortaient du corps, s'agitant vers Poséidon, et des vrilles bleues brillantes qui ressemblaient presque à des plumes bordaient son cou et son dos.

— Qu'est-ce qu'on fait ? criai-je à moitié en fouillant dans mes sacs.

Je lançai une grenade, la regardant répandre son encre dans l'eau avec un petit pouf, de manière totalement inefficace.

Bleu galopa à mes côtés en secouant sa crinière et en hennissant. Je regardai le Pégase, mon esprit s'emballant.

La ligne d'arrivée était à une centaine de mètres. Le monstre qui la gardait ne s'intéressait pas du tout à moi. Je savais ce que j'étais censée faire.

Le monstre souleva à nouveau Poséidon, cette fois pour le tirer contre son torse, repliant ses bras à pointes pour le poignarder. De la lumière jaillit du corps de Poséidon, faisant exploser les pointes, mais seulement pendant un instant.

Avec un cri strident et angoissant, la créature se déplaça plus vite que je ne le pensais, se précipitant à travers l'océan. Je le perdis de vue alors qu'elle passait sous le bateau, et je courus de l'autre côté juste au moment où elle surgissait de l'eau. Elle sauta en décrivant un arc très haut, telle une parodie grotesque de dauphin en train de jouer, sa proie agrippée à sa queue.

Mon cœur s'emballa, ma poitrine se contracta lorsque je vis le visage de Poséidon. La moitié était de la couleur du granit.

— Non, murmurai-je, la peur s'entortillant dans mon ventre inexplicablement.

Les yeux de Poséidon croisèrent les miens pendant une fraction de seconde, avant qu'on ne le tire à nouveau sous la surface de l'océan.

Je me penchai, les cherchant sous l'eau. Il y eut une éclaboussure puissante, puis la voix de Poséidon résonna dans les airs.

— Retourne dans les profondeurs d'où tu viens !

Et puis, il resurgit, mesurant trois fois sa taille normale, féroce, et fort, et imparable, soulevé par un raz de marée, alors qu'un tourbillon d'eau se formait devant sa silhouette imposante. La créature se débattit et s'agita dans l'eau bouillonnante, et Poséidon leva les deux mains, les yeux fermés.

Brillant d'un turquoise si intense que je pouvais à peine y voir, il rugit. La lumière se précipita sur le monstre, et la chose se convulsa à mesure que la magie inonda son corps. D'un coup, elle explosa en une masse de lumière et d'écailles.

Le soulagement déferla de moi, tout mon corps s'affaissant contre le bastingage.

— Merci, putain.

Poséidon se tourna sur sa vague, ses yeux rivés dans les miens, et tout mon soulagement disparut.

La lumière quittait son corps, entièrement remplacée

par la pierre. Je fus saisie d'effroi, tandis que la tristesse inondait sa figure, avant que la lumière ne déserte son regard. Avec une terrible, terrible lenteur, sa forme de pierre bascula et tomba sous la vague qui s'écrasait.

— Poséidon ! hurlai-je en regardant sa forme de granit couler à pic.

Une centaine d'émotions se bousculèrent en moi. Le visage de Lily m'envahit l'esprit. Je sentis que je tendais la main vers le pégase agité, à côté de moi.

— Je suis désolée, Lily, sanglotai-je à moitié en me hissant maladroitement sur le dos du cheval ailé. Je suis désolée, je dois le faire. Je ne sais pas pourquoi.

Tout ce que je savais, c'était que je ne pouvais pas le laisser couler au fond de la mer.

Je devais le sauver.

Allez.

Une rafale de vent océanique me souleva alors que Bleu déployait ses ailes et s'élançait dans les airs.

J'eus le temps de respirer un grand coup avant de plonger dans l'océan à la suite de Poséidon.

MERCI POUR VOTRE LECTURE!

Merci beaucoup d'avoir lu ! Si vous avez aimé le premier livre de l'histoire d'Almi et de Poséidon, je serais très reconnaissante si vous me laissiez une critique.

Vous trouverez le prochain livre, *Du Roi brutal,* sur Amazon.

Vous pouvez également découvrir en exclusivité des aperçus d'œuvres et des idées de futures histoires, ainsi que des nouvelles et des livres audio gratuits, en vous inscrivant à ma newsletter sur elizaraine.com.

www.ingramcontent.com/pod-product-compliance
Lightning Source LLC
Chambersburg PA
CBHW030747190726
48285CB00003B/741